扔在八月的路上

八月の路上に捨てる

〔日〕伊藤高见 著
伏怡琳 译

日本轻文库

人民文学出版社
PEOPLE'S LITERATURE PUBLISHING HOUSE

著作权合同登记号　图字 01-2018-8936

图书在版编目(CIP)数据

扔在八月的路上/(日)伊藤高见著;伏怡琳译
.—北京:人民文学出版社,2020
(日本轻文库)
ISBN 978-7-02-015217-9

Ⅰ.①扔…　Ⅱ.①伊…②伏…　Ⅲ.①中篇小说-日本-现代　Ⅳ.①I313.45

中国版本图书馆 CIP 数据核字(2019)第 083877 号

责任编辑　陈　旻
特约策划　周　洁
装帧设计　李　佳

出版发行　人民文学出版社
社　　址　北京市朝内大街 166 号
邮政编码　100705
网　　址　http://www.rw-cn.com

印　　制　上海盛通时代印刷有限公司
经　　销　全国新华书店等

开　　本　890 毫米×1240 毫米　1/32
印　　张　3.125
字　　数　63 千字
版　　次　2008 年 10 月北京第 1 版
印　　次　2020 年 6 月第 1 次印刷

书　　号　978-7-02-015217-9
定　　价　29.00 元

如有印装质量问题,请与本社图书销售中心调换。电话:010－65233595

目　录

扔在八月的路上

这种感觉和出于爱恋的思念不同，但又不是与日俱增的恨，其中既有爱的片断，也有恨的残片。

敦出神地看着水城默默工作的样子。她将手臂伸入纸箱，正要取出咖啡罐。只见她弯起手向胸前一揽，手肘内侧便夹起了不少罐子。这种罐子容量一百九十毫升，俗称“一九罐”。接着她一边依靠手臂上的肌肉略微调整歪斜的罐子，一边保持姿势，一步步挪近自动售货机敞开的装货口。

水城挂着一脸按捺不住、只想快些冲过去的表情。没多久，她终于抓准时机将怀中的罐子一只接一只滑入装货口。她的腰和膝盖保持着一定的节奏，塞罐子的速度之快简直不给装货口喘息的机会。虽说罐子的角度一旦出现偏差便很容易中途堵塞，但这会儿没工夫慢悠悠地放。这已是八月的最后一天，东京的暑气却分毫未减。

这也是水城开车装货的最后一天，听说从九月起她要转到总务科去。仿佛铆足了劲想在最后时刻打破纪录一般，一大早她便干劲十足，一心要赶在六点前跑完所有的线路。

“真热！”

从缠头巾的打结处可以窥见水城略显干枯的栗色头发。

“也不知道雷阵雨会不会来。”敦说着抬头看了看天空。空气中的湿度如同在蒸桑拿，天上的云层却丝毫没有聚拢的迹象。“接下去装什么?”

“乌龙茶，‘三五罐’的。”水城答道。

就在这时，装货口中传出一声不祥的声响。刚装入的咖啡罐似乎卡在了售货机里。不远处传来一声“混蛋，挡道了”的咒骂，让水城分了心。今天因为没找到可以停两吨货车的空位，他们只能姑且占据了一个可能会挡道的位置。然而，那司机发怒的对象不是他们，而是个打零工的门卫。他大概为了让一辆还在很远处的车先开过，拦下了正要转出建筑工地大门的自卸车。

“切，”水城重重地咂了咂嘴，“这下糟了，好像在很里面。你帮我掏掏试试?”

“这是‘一九罐’，我伸不进去的。”

让你干你就干，水城嘟哝着抬腿空踢了一脚敦的屁股。那个刚被自卸车司机教训过的年轻门卫偷偷向他们瞄了两眼。

敦伸直手指，将手探入自动售货机。虽然能顺利进入，但依然碰不到卡住的罐子。机器内隔板间的距离都依照罐子的尺寸事先调好，所以“一九罐”隔板的间距非常狭窄。尽管敦试着并拢手指，希望能伸到更深处，可男人手臂能进入的空间毕竟有限。

“果然不行。做这种事情，还是女人的手细，比较方便。”

“你这家伙，分明是讨厌干这种事吧。”

敦小心翼翼地抽回手臂，把自己的位置让给水城。身高不占优势的她，顺脚踩在了近处的一块水泥板上。这种活儿如果不静下心来耐心地干，恐怕会被加工粗糙的隔板边缘划得皮开肉绽。

准备就绪后，水城伸进手臂，在售货机里摸索起来。不知为何，每次掏罐子她总会抬头望着天空。虽说这种时候确实需要伸展肩背，但这一举动背后似乎还有更深的原因，敦总有这样的感觉。

“不过你这家伙，准备什么时候离婚？”水城出其不意地问。

敦原本打算找个机会告诉她，但不料今天太忙，还没来得及开口。

自从那天问了不该问的话之后，敦决定将自己的事情都向水城和盘托出。身为女人家为什么成天做这些开车装货的苦差事呢？差不多是时候让上面调去坐办公室了吧？那是一个阴雨而闲暇的午后，敦有意无意地问了这么一句。水城告诉他，因为离婚还带着孩子，所以挣钱多的工作总想尽可能干得久些。虽然水城的回答也没什么大不了，但因为她把这些从没对营业部其他司机提起过的事情告诉了自己，也不知是负疚还是亏欠，一种诸如此类的感情总在困扰着敦，让他觉得保留自己的秘密就好像是在背叛水城。如果换作其他男人，这样的事情或许根本不会放在心上，所以这和友情又有些不同。

“对了，不会已经离了吧？”水城又加上一句。

明天去办手续，敦简短地答道。

水城故作惊讶地发出一声感慨，紧接着像发炮似的追问敦，几年了。

四年，敦答道。

“比我还长呢，你小子挺努力的嘛！”

敦也说不清这到底算不算努力，但还是谢了谢水城的褒奖。三十岁生日跑去离婚算什么呢，他接着问水城。不料水城却回了一句“不是挺好”，根本没当一回事。无奈之余，敦试着独自从一数到三十，需要的时间竟比想象的要长，他不禁吃了一惊。如果要数到水城的年岁，还得再加上两个数字呢。

“离婚的事，一会儿跟我好好说说。”

敦敷衍着回了几句，这时水城突然发出一声惊喜的呼喊。

她的手指似乎终于碰到了那只卡住的罐子。

这个国家的每个角落都能买到冰镇饮料，简直可以说是自动售货机的天堂。无论是只有汽车经过的山路，还是藏在深山老林里的温泉，甚至在殡仪馆，只要有足够的空间，售货机总是无孔不入。而货运司机的装货线路也像蜘蛛网一样覆盖着日本全国。但敦相信，这条从中野出发、途经大久保和新大久保、再穿过新宿一带的线路[①]，一定是全日本强度最大的。特别是大久保那块地方尤其不好办。道路窄不说，那儿的人过马路还不守红绿灯。像今天这种又闷又热的天气，为了保证地段好的售货机不出现缺货，这条线路必须要绕两圈。每次早起干完十五个小时以上的体力活之后，积聚在身体里的热量到第二

---

① 中野、大久保、新大久保以及新宿，均为东京市中心的地名。

天早晨都无法散尽。

不过这条线路却是水城大显身手的好地方。敦知道，每次轮到她时她总是特别兴奋。她可以小幅转动方向盘，操纵两吨货车在离墙数厘米的情况下从小路中一穿而过。如果碰上更窄的路，她就折起后视镜，几乎没有进不去的地方。每当前面停着一辆其他公司的运货车时，就好像在炫耀驾驶技术一般，超过时水城必定要单手控制方向盘。

这一天，因为想创下六点前返回中野营业部这一史无前例的纪录，水城更是开得比平时还要猛。有几个像是来自拉丁地区的女人突然冲出马路，差点因此成为车轮下的冤魂。

水城连忙急刹车。

那些愣在路上的女人一边说谢谢，一边合掌鞠躬。切，水城再次咂了咂嘴。敦只能独自合起双手，回了个礼。

“这群家伙，可真够险的。”

“你说外国人是怎么把那个合掌的动作误解成完全不相干的意思的呢？”

“这种小事管他去呢，快说说离婚的事，到底是哪儿出问题了？”

对于这个问题，敦也不知道该如何回答。概括起来也就是，他和附近一家美发店里工作的女孩子相识、相恋，结果发展到了无可挽回的地步，就这么简单。尽管如此，这段恋情却并非始于一时冲动。心灵的轨迹即便曲曲折折，却也画成了一条连贯的线。就在这条线上，必然有过一百甚至两百多个看不见的选择。

敦和知惠子是在大学的体育课上认识的。以电影剧作家为目标的敦，爱上了想成为杂志编辑的知惠子。或许是被对方的理想所吸引，两人很快便黏在了一起，创造了一个只属于他俩的世界。遇上没钱约会的日子，俩人就窝在敦租的那间位于下井草一带的廉价公寓里，给各种东西排名次玩。这个游戏只属于他俩，所以排名也没有任何理由。为什么冬天排在春天的前面、雨天比晴天名次更高，谁也说不出原因。他们还品评了俩人都认识的朋友。处世圆滑老到的人排名靠后，操着一口茨城①方言又喜欢变戏法的同学却排在前列。这里面也有着他们自己说不清道不明的标准。

虽然这个游戏没多久就厌倦了，但俩人之间的游戏始终没有终结。正因为此，临近大学毕业时，也不去公司应聘、一心只想朝着剧作家目标奋斗的敦，总在知惠子面前摆架子。虽然事后想起来觉得幼稚可笑，但那时就是这样。接二连三地被大出版社淘汰的知惠子，最后去了一家完全不感兴趣的楼盘代销处。敦说要为她庆祝庆祝，可知惠子总是闷闷不乐的样子。“还是小敦好，无论什么时候都在追求自己的理想，不像我……”星期天的晚上，知惠子经常这样开始她的牢骚。她不仅体重掉得厉害，有一段时间还得了斑秃。敦劝她，真那么辛苦不如辞职算了，可知惠子从来不听，因为担心自己辞职后俩人的

① 茨城，指日本茨城县。

生活会越来越拮据。

“反正我还挺得住。”

知惠子的牢骚总是以这句话结束，然后继续顶着那只秃了一小片的脑袋上班去。

差不多就在一年后的某一天，知惠子听说一家食品公司的出版部正在招聘编辑。虽然嘴上嘀咕着和自己想做的事多少有些不太一样，但她还是很想跳过去。敦也看出了这一点，对这件事很支持。其实他也一心巴望着知惠子快点改行做编辑。毕竟有事没事就拿他的理想大发感慨，敦多少会觉得是种负担。何况他也开始隐隐约约地意识到，自己写出来的东西其实也没什么大不了。所以，对于知惠子的跳槽敦比谁都开心。他嚷嚷着要好好庆祝一下，把知惠子带到了高丹寺附近的一家便宜的烤肉店里。

知惠子生平第一次把烤好的毛肚放进嘴里。她使劲嚼了几下，吞下去后说：“没想到还挺好吃的。”

“以后想尝尝各种没吃过的食物。”她补充道，身体好像也在渴望着不同的东西。

知惠子的新工作似乎特别忙。那段时间，她都顾不上自己的外表，一心扑在工作上。她似乎变得骄傲起来，喝醉酒时也不再怨声连篇，而是意气风发地对各种东西评头论足。也不知是不是错觉，就连做爱时她都好像更想在上面。敦不太喜欢这种姿势，所以总是灵巧地将身体让到一边，但知惠子总想再找机会翻上去。这种时候敦总会抱怨说，在上面动得太厉害套子容易滑出来，现在万一有了岂不是很麻烦。但知惠子总是毫不在意地笑道，"有了的问题"等有了的时候再说。

在一个暴风雨过后的春天的夜晚，俩人一同出去散步。最近也不知是什么原因，敦开始忍受不了和知惠子一起待在房间里聊天。和她说话的时候，他经常会感到烦躁不安。虽然敦也明白她现在这份工作做得很开心，但对一窍不通的敦而言，编辑的话题实在有些枯燥乏味。然而，如果边走边聊却还能听进去。幸好，走路的速度和脚步的声音也能表达自己的情感。

敦一边走着，一边从知惠子的话中推测她想表达的意思。他以为问题大概出在向她借钱付房租这一点上。但如果连房租都不能平摊的话，那俩人的关系就会变得微妙起来。事实上，正因为这几个月的房租都是知惠子出的，所以敦不知从何时起有了一种低人一头的感觉。有时就因为在厨房里被知惠子从背后重重地摸了一下，敦也会莫名地发起脾气，嚷嚷着："我又不是你养的猫。"

但如果真是如此，那现在反倒是个好机会。如果知惠子求他多出去打打工或者去公司找份正经的工作，那么这一次就可以彻底告别剧作家的梦想了。而且狡猾的敦还打起了小算盘，十年后他可以对大学时代一同参加影视社团的朋友这样辩解："那时候就因为知惠子死命求我，所以只能忍着泪放弃了剧作家的理想，谁让我喜欢她呢。”

敦脚上那双一百五十日元的薄底沙滩鞋，啪嗒啪嗒地响个不停。他心里念叨着，知惠子恐怕会受不了这声音让他随便找份工作快点干起来吧。就在敦觉得快了快了、知惠子快要照着预期的方向说出自己想听的话时，没想到从她嘴里蹦出的却是风马牛不相及的事情。当他们转过那家蛋筒冰淇淋特别好吃的便利店时，也不知为什么知惠子开始提起结婚的事。她说差不多是时候考虑结婚了吧，敦却以“经济上还有困难”一句带过。

不料知惠子笑着回答：“都这岁数了还没一丁点积蓄的也就小敦这种人了吧。不过没关系，钱我会挣的，小敦就放心地追求小敦的梦想吧，这样不是很好吗?”

那一瞬间，怒火油然而生。

敦一下子将脚上的鞋紧紧穿到底，在夜晚的街道上气势汹汹地迈开了大步。连拐弯的时候他都拐成了直角。

去办结婚手续的时候，敦多少有些不爽。虽然这是考虑了近半年后做出的决定，但不爽就是不爽。一想到“结婚”这两个字，头脑里就会立刻浮现出知惠子那天说的那句嘲讽：“都这岁数了还没一丁点积蓄的也就小敦这种人了吧。”所以，就因为这样他才自暴自弃地决定和她领证。敦只想快点了结手续上的事情，然后就像习惯空气一般习惯知惠子。

在区政府的办公窗口交表格时，敦被告知，“佐藤”的“藤”字应该是“八字头”，需要重写。区政府的人解释说，户口簿上“佐藤”这个姓中的“藤”字的写法和平时不太一样，草字头下面那个“龹”上的“丷”是向下敞开呈“八”字形的。那位坐在窗口里的女职员还不忘补充一句：“户口簿上的许多字都有这种情况。”敦不禁歪着脑袋问：“那这二十多年来我难道连自己的名字都没写对过？”那人却安慰他：“不用担心，只有户口簿上才会写成‘八藤’。”但这回答实在有些让人摸不着头脑。就在这一刹那，结婚的气氛荡然无存。敦觉得自己好像突然重新投胎做了“八藤敦”，摇身一变，成了另一个完全不同的人。这种感觉就好比穿上一件刚买的但又有些扎人的新毛衣，有种既舒服又恶心的味道。

因为想着办结婚手续也算是件大事，那一天，两人都预先请了一整天的假。等到办完手续，他们才突然意识到根本没有考虑接下去的时间该如何度过。就连敦都带着一种莫名的兴奋。办结婚手续的感觉有点像晒太阳浴，会在身体里留下些许余韵，里面掺杂着适量的疲惫和适度的热量。最后，两人决定去大公园随便走走。虽然那天还是酷热的九月，但他们只是漫无目的地走着。

在穿过一片栖息着许多蝉的小树林时，敦依然对自己的姓氏变成“八藤”感到不习惯。知惠子的嘲笑还在耳边时隐时现，敦的心情却开朗起来。变成“八藤敦”之后，或许人生也会时来运转吧，他思忖着。说不定剧本会得到赏识，剧作家的工作也会走上正轨。这些异想天开的念头在敦的脑海中交织在一起，让他对身旁的知惠子突然产生了好好对待她的念头。敦说："'八藤'的问题也真够头大的，以后可不想再跟户口簿过不去了。"他的本意是想告诉知惠子不打算做离婚这种蠢事，但情绪高昂的知惠子的回答牛头不对马嘴："小敦你还算好啦，我可是连姓都改了，驾驶执照啦护照啦都得去改，而且前几天刚买的印章也要重新买一枚。"知惠子就这样抱怨起来，脸上却掩饰不住内心的喜悦。

也不知为何，敦一下子觉得特别扫兴。就像上次散步时那样，他忍不住想在转弯时拐成直角。只可惜公园里的路无论在哪里都画着平滑的弧线。

售货机自带的垃圾箱里除了空罐子外，还胡乱塞着汉堡包的包装纸、找不到地方扔的色情 DVD 等乱七八糟的东西。每次都这样。因为垃圾都是回营业部以后再分类，所以水城也不管三七二十一，先一股脑地装进垃圾袋里扎紧袋口。已经爬上货车车顶的敦，接过水城举起的垃圾袋后，用胶带把它们固定在车顶上。这工作必须小心翼翼地做。残余的果汁在夏天特别容易变质，垃圾袋里已经积起了一片茶色的液体。万一弄破袋子，那股腐臭的味道会在身上持续好一阵子。

敦默不作声地闷头干活，却被水城提醒说："嘴巴开始偷懒了哟。"

“六点钟一眨眼的工夫就到了，你再不说，今天岂不就听不完了。”水城开始抱怨。

敦却有些愣住了，他没想到水城真打算在六点前完工。虽然他们为了加快进度连早餐都省了，但要破这个纪录根本就是痴人说梦。

“话说回来，你可比我轻松多了，只要听着就行了。”

“你小子是想让我也说点什么？”

没错，敦回答了这两个字后从车顶跳回地面。落地时因为柏油路面的反震，双脚的麻痹感一直传到膝盖。为了等这股劲缓过去，敦只能蜷着身子蹲在地上。这时水城的影子包围了他，敦听到头顶上方传来一句：“那就跟你说说好了。”

“每回听他说话，我就觉得佐藤这家伙还真是个讨人厌的男人。当然，我本来就觉得他不属于那类憋得住的人。不过其实对着我什么都可以说嘛，少儿不宜的东西我不也一样无所谓?!”水城开始说起她自己的事。

“可是这种东西一般都不会对自己媳妇说吧。”

“反正以前我们家常说这种事。”

“所以才被甩了。”敦回了一句，但肩上随即挨了一拳，就听水城嚷着：“休书可是我下的。”从她嘴里竟能听到“休书”这种词，让敦感到有些意外。他不禁开始不负责任地推测，是不是水城的母亲经常用到这个词。虽然从没问过水城，但敦相信她母亲一定也给丈夫下了封休书。

“可是凡事不说清楚，以后可就麻烦了。”水城继续道。

“嗯，所以才走到今天这种地步，”敦说着打开了货车后部的门，搬空的纸箱都被叠放在里面，“不过，人都会有那么些看不惯的举动吧。碰到这种事情，还是希望对方能自己感觉到这一点。如果挑明了说出口，连自己都会觉得身为男人未免也太斤斤计较了。”

“可你不知道，佐藤他眼睛细，到底是生气还是开心别人压根儿看不出来。”

“说起这一点，水城你也一样嘛。成天都摆着一张欠你多还你少的脸。”

“但关系近了之后还是能看出来的吧。”

“你看，这不就对了？明明是看得出来的，可偏偏自己的媳妇就是搞不清楚。”

“那知惠子不也一样吗？”水城说着回到了驾驶席上，“她应该也希望你能明白她的心情，她应该也在心里感到愤愤不平吧。”

“这种事，就叫那个什么‘价值观的差异’。”水城总结道。

敦意外之余猛笑起来，结果吹熄了举到面前正准备点烟的打火机的火苗。“什么意思？怎么突然就扯到价值观了呢？”

敦说着又笑了起来，水城却一脸认真地开始长篇大论。“‘价值观’这种词乍一听是有些夸张。比方说，晚上一定得刷完牙才能上床，一般都会有这么些这样那样的规矩吧。可我老公喝醉酒不守规矩的日子越来越多，这种事说到底不还是价值观不一样吗？”

“这么点小事也要说成价值观不一样，水城你还真够严格的。再说了，就算得蛀牙也是他自己的事，这点小问题不用太当真吧？”

“笨蛋。当然是因为小孩会跟着学坏。没想到你小子虽然是大学毕业，脑袋却不太灵光嘛。”水城说着把一只麻布做的袋子塞到座位之间的缝隙里。这是装钱用的麻袋，里面装满了从售货机里取出的零钱。“偏偏就是这种坏习惯小孩最爱学，他们会吵着说：‘爸爸不也没刷牙吗？’就算你告诉他们，大人是大人，小孩是小孩。但真要让他们听你话，可得费上好几倍的时间和精力。到那时，浪费的可就是我的时间了。”

水城边嘀咕着“开什么玩笑”，边像跟前夫发泄怒气似的猛地一下子转动了车钥匙。“我要他做的事，不过就是每天刷个牙罢了。他不照着做，也就是把小孩的教育问题都扔给我。既然要扔给我，那你就得挣两份工资回来吧，可我们家又不是这么回事，所以才说是价值观不一样嘛。”

“如果把你的想法都原原本本地告诉他，他应该还是能明白的吧。”

“这一点就因为是夫妻才难上加难。”

敦再次笑了起来。因为水城并没有意识到她现在所说的话和刚才的态度截然相反。她刚刚明明说过，无论是少儿不宜的东西还是其他什么都应该坦诚相见，现在却又像在为敦辩护一般。

“如果好好说还是能说得通的。”敦趁势逗她。

“可一旦我加上原因，又会被抱怨成女人的歇斯底里。”

水城打起方向灯，开往下一个装货点。

在前往大久保的途中，他们决定提前去吃午饭。因为都没吃早餐，俩人像被吸进去一般冲进了一家饭馆。每次跑这条线路，他们总会来这家略显脏乱的饭馆，因为无论点哪份套餐都会附赠一小盒纳豆①。虽然敦并不喜欢纳豆，今天还是吃了。水城说，这可是三伏天里最能保持体力的食物。

在接到十五分钟内解决午饭的命令后，敦点了点头。打这份工的时间也不短了，早已习惯速战速决。

“水城，你今天真打算在六点以前跑完吗？”

“当然啦。”

“不是真的吧？”敦故意在水城面前大声嘟哝起来，“说到底，还是舍不得离开货车啊。”

“这又是哪儿跟哪儿呀？”

“可你不是一心要打破营业部的纪录吗？”

“谁瞎扯的。”水城否认道。她解释说，明天不用再装货了，不过是想早点收工罢了，而且完工以后，她似乎还有约在身。“和小孩说

① 纳豆，日本传统的佐餐食品之一，经大豆发酵后制成，分为拉丝和干燥两种，一般见到的以咸味居多，也有甜味品种。

好了，今天收工以后一块儿去新宿吃饭。他们爸爸也一起，从千叶①那儿赶过来。”

水城现在单身，在中东野一带租了间小公寓。今天晚上他们一家好像都要挤在那里。她显得有些害羞地说，也不知道不到十平方米大的房子睡不睡得下四个人。敦却感慨：“有孩子真好，也不会觉得孤单。”虽然他从未有过要孩子的念头，事到如今也没有养孩子的信心，这句话却是发自内心的。

水城故意奚落他：“你不也都是跑到那个美发师情人家里去的吗？”

自从起了邪念之后，敦就把美发师的事情都告诉了她。或者，应该说是暴露了才对。都已经上过床了吧，当时水城凭着她的跳跃式思维直截了当地问道。大概就因为看着敦的头发越来越短，所以她才想到应该是剪的次数太多，从而起了疑心。但为什么单凭这一点就能立刻断言他们发生了关系，敦也想不明白。只不过不幸被她言中，敦自然也无话可说。

“以后每天都能腻在一块儿了吧？真不赖。如今是不是成天都在干那事啊。都过三十了，体力没问题吧？”水城继续刚才的话题。

“有没有体力都没关系了，刚决定离婚的时候就被甩了。她说不喜欢我有事没事就把钱挂在嘴边。可是离婚的时候，无论如何都会变成那样的吧。”

① 千叶，指日本千叶县。

敦这样问的时候，水城正要把纳豆倒在只剩一半的盖浇饭上。她爽快地笑了笑，继续她的动作。唯有纳豆拖着长长的丝落入碗中，就如同敦的叹息。

“那也就是说你小子又独身了啊。你都没告诉我。这还真是……”

“你怎么看上去幸灾乐祸的？一般人都会想，这样一来离婚又是为了什么呢？”敦本想开个玩笑，但不知为何竟有种想哭的冲动，他只好将脸埋进碗里不停地扒饭。

水城却非常少见地安慰他：“我可没在幸灾乐祸。当然也没有和稀泥的意思。只不过在想，原来这种事也不少。我们家的状况不也一样？”

对于她离婚后的事，敦也知道得很清楚。那时她抛下寡言的丈夫，带着两个孩子和另一个男人住到了一起，但不料很快就走进了死胡同。因为从前夫那儿也没有抚养费可领，所以只能开起了货车。她原本在营业部里负责管仓库，但开车送货的工资更高一些便转了过来。

“这也是人生，人生！”水城感慨地说。

“你这不就是在捣浆糊嘛。不过也没什么不好的。我估计也就一个人孤孤单单地在公寓里过日子，最后孤孤单单地死去，等到尸首腐烂了再被房东发现。”

哈哈哈，水城大笑起来。虽然嘴上说着，这种事一点都不好笑，但她依然继续笑着。

过了一会儿，水城突然没头没脑地冒出一句："你知道'烟灭战术'吗？"敦回问是什么，她说是将棋[①]残局的一种。由于水城给人的印象和将棋相去甚远，敦不禁愣了一下。水城立刻告诉他是自己的儿子在玩。好像就因为某本少年漫画煽风点火，将棋在小孩子中间颇受欢迎。敦小时候也跟叔叔学过将棋的下法，但说不上着迷。

不过即便如此，敦多少还懂一些。所谓将棋残局，说起来也就和解谜游戏差不多，就是棋盘上先摆好敌方的王棋"玉"和其他一些守卫的棋子，再加上我方负责进攻的棋子。由于我方可以移动的棋子是事先规定好的，因而破解的人只需接连使出将军的招数追击敌方的王棋即可。王棋若无处可逃即为获胜。

攻方必须在最少的步数内逼死王棋，而守方则以最有利的方式逃跑。这就是游戏规则。

"那漫画里介绍了一种叫'烟灭战术'的东西，你知道不？"水城问。

"我会下将棋，但算不上精。"

"那我就简单说说吧。嗯……其实也就是我这一方玩命似的猛攻。为了追王棋我方得先下第一步，然后在追的过程中，自己这边的棋子会一个一个地被吃掉。"

"那这边不就没棋了吗？"

① 将棋，又称日本象棋，由唐朝时传入日本的中国象棋演变而成。

“对。棋子就像烟一样一个个消失。如果下得好，却可以在最后的最后逼死王棋。也就是说残局总是能破的，只不过不知是什么时候。”

“当然只要一招出错，那也就玩完了。”水城补充道。

“你儿子能解开这种题？”

“怎么可能？”水城笑起来，“普通人的脑瓜可解不开这种玩意儿。”

“那么……你是想说这就是我的人生？”

怎么会呢，水城答道。她喜欢口味重的东西，所以又在倒了纳豆的盖浇饭上，用酱油画了一个“の”的形状。“我这人就和那玩法一模一样。总是丢了这个又丢了那个，然后还是继续做着最后能赢的白日梦往前冲。”

还真是，好多东西就像烟一样消失了，水城笑着说。敦一下子愣在了原地，水城却发出雷鸣般的声音吸起了纳豆。

每当觉得她开始半真半假地说些正经话的时候，随之而来的波动却总会淹没刚吐出的话语，水城就是这种人。或许她只是为了保持平衡不让人觉得太突兀，随后的玩笑却犹如排山倒海，她常常会陷入一种亢奋状态。在大久保装货的后半程，他们看到三十米开外的地方有两个牛郎正朝着歌舞伎町①的方向走去。水城当即兴奋地叫起来：“有年轻的。”

① 歌舞伎町，东京著名的红灯区，位于新宿地区。

“好！超过的时候一定要看看是啥模样。”她显得颇有气势。

这种时候敦总要摆出一副不想惹麻烦的表情让她别乱来，这已成为他俩之间的默契。虽然自己也只是个打工的，敦还是提醒她说：“没办法，谁让我们得背着公司的招牌干活呢。”就像故意要和这句话对着干似的，水城反而把货车开向了道路的边缘。那些人走在路的左侧，她打算不顾一切地插到他们前面去。不这样做的话，从驾驶席上根本看不见脸。

水城一边进攻似的按着喇叭，一边从男人身边超了过去。后视镜上映出了他们的模样。敦也忍不住将身子探向水城那边想要看上一眼。虽然这种时候女人的体香没有任何用武之地，他却嗅到一股甜甜的气息从水城身上传了过来。

镜中映出了两张脸，一张像土豆，另一张像某种深海鱼类。

哇！水城大叫一声，小踩了两三下油门。由于排气阀已被打开，因而每踩一下，车尾就会冒出一阵浓烟。这辆货车原本就已老旧，再加上疏于检修，每到这时都会放出一股橡胶和头发一起烧焦时的恶臭。

“放毒气啦！”水城高声笑起来。但不知为何听上去竟有些悲伤。水城的笑声时常会透出不同的味道。这时敦突然想起了完全不相干的事，不知道知惠子这会儿在做些什么。敦并没有得到她分居后的地址，只听说住在所泽①那一带。他们基本只靠手机联络。知惠子有时

① 所泽，指所泽市，位于日本琦玉县。

会趁着敦出门打工的时候回家取些东西。数天前家里就留下了她来过的痕迹。房间里的东西散了一地，虽然敦并不清楚她到底拿走了什么，但他打开冰箱的时候发现那盒无盐黄油不见了。这种东西完全可以重新买过，她却特意将它和其他行李一起打包带走。敦想象着知惠子为避免黄油融化而在大太阳底下抱着它拼命赶路的样子，忍不住笑了出来。他顿时感到一阵虚脱。

水城高亢的笑声在不经意间勾起了敦对那时的回忆，他突然意识到原来离婚竟是件如此麻烦的事情。

结果知惠子还是辞去了曾经那般引以为豪的出版工作。问题并不在工作的内容，而是人际关系不太顺利，最终走到了辞职这一步。尽管如此，直到最后那一刻她依然不愿承认自己输给了别人。她常去看病的那家医院的医生告诫说，千万不要追问这方面的事情，所以敦总是回避这种话题。只不过今后房租的重担都压到了敦一个人身上，他几乎每天都要出去打工。看着他忙忙碌碌的样子，知惠子总会嘲笑他：“也不在家好好写剧本，成天就知道打工，你这样开心吗？”以前明明对工作发牢骚发成那样，真不知道有什么可开心的。但敦只当她心理得了病，也不搭理她。在东京生活，即便只是呼吸，也需要钱。

一天，敦和一些老朋友约了星期五晚上一起喝酒。那群人是在大学影视社团里认识的，都是些没钱的穷人。就连在便利店连锁策划部工作的家伙，都为了专心写剧本辞了职。包括敦在内，估计在那晚的聚会上一群人都会热血沸腾染上集体狂热症吧。就因为料想到了这一点，敦才告诉知惠子他们打算去外面吃。

然而，知惠子却不相信他。她故意挖苦敦："不是和一块儿打工的人出去喝酒吧？你过得还真滋润啊。"敦回了一句："鬼才和那些人去喝酒呢。"结果知惠子却求他："那你也带上我吧。"但敦明白，那群老朋友都已经被逼入死胡同在做最后的挣扎。他们除了电影没有其他话题，而且最后必定会以无聊的吵架收场。他从大学时代起就已经习以为常，但知惠子恐怕只会被弄得疲惫不堪。在敦看来，不带她去正是为她着想。但他无法让知惠子明白这一点。无奈之下，敦只能抛出一句："算了算了，那就在家吃好了，不过到时会出什么事，我可管不着。"知惠子却欢天喜地地找出菜谱，开始挑选起那天要准备的菜肴。

星期五的饭局就这样拉开了序幕。结婚后敦和知惠子搬进了一间稍微宽敞些的公寓，而且房间正好位于走道尽头，所以不用担心会吵到邻居。只不过，所有人都还没摆脱打工的疲劳，结果都醉得特别夸张。就在日历正要翻过一页的时候，分贝巨大的高谈阔论开始了。什么好莱坞大片怎么怎么样，日本和法国又如何如何，中国电影哪里好哪里不好，等等。知惠子准备的菜肴被遗忘在一旁。生鱼片躺在小碟上吸饱了酱油，如同一块脏兮兮的抹布。

敦计算着知惠子所能忍受的极限，趁她拼命忍着哈欠的时候劝她："你先睡吧。"知惠子听话地走进了隔壁的房间。

敦直到第二天天快亮时都还醉醺醺的，最后他终于撑不住，一头栽倒在地毯上。他拼着最后的力气吼着：“要回家的自己回家，要住下的随便找地方躺。”接着便趴在地上睡着了。那些毫无意义的高谈阔论就像从远处传来一般，让人觉得很舒服。对于正打算放弃剧作家梦想的敦而言，这听上去就像是一首摇篮曲。

可惜好景不长，天亮后没多久敦就感到一阵剧烈的摇晃。原本规定禁烟的房间已经完全笼罩在烟雾里，熏得鼻子特别难受。敦一边想着今天不是星期六吗？出什么事了？一边睁开眼睛，就看到知惠子像丢了魂似的对着自己。她发狂般地摇晃着敦的身体，嘴里不明所以地咕哝着：“到底是谁？用我牙刷的到底是谁？”敦为了弄清究竟发生了什么事，向四周环视了一圈，但昨晚一起喝酒的朋友们都不见了。

“我的牙刷、牙刷，它被人放在了洗脸池的上面，到底是谁？是谁用过了？”知惠子就像地球即将毁灭一般追问着敦。敦一心只想倒头睡觉，于是心不在焉地回了一句：“反正有备用的，就用那个好了。”事实上知惠子用的牙刷非常普通，既不是电动的也不是那种奇形怪状的特殊产品，而且为客人准备的备用牙刷用起来反而更舒服。但就在敦这句话刚出口的瞬间，知惠子便用非常刺耳的声音尖叫起来：“事情没那么简单。到底是谁？连门也不锁，最后走的人是谁？这么过分的人到底是谁？”

敦终于猛地跳起来，一边喷着酒气一边看着知惠子，顿了顿说：

“你烦不烦？你也知道我开车开了一天已经够累了。牙刷这种屁大的东西以后买给你就是了，家里有东西被偷的话我赔你行了吧。”昨晚和宿敌论战时的狂热还遗留在敦的体内，没有完全退却。他接着大声吼道：“再说了，不都是因为你不让我们在外面吃才变成这样的吗？谁愿意挤在这么小的地方啊，大家还不都是为了你才过来喝酒的？”听到这些话，知惠子紧紧地咬住嘴唇，然后毫无歉意地道起了歉：“够了够了，全都是我不好行了吧。”她说话的样子和敦好胜的母亲如出一辙。那态度，就和敦的母亲挖苦他父亲“你什么都知道，伟大得很”时一模一样。

“你犯不着那么歇斯底里。”敦向知惠子扔下这句话，便钻进被子蜷成一团。敦也觉得话说得太重了，但只有这种时候知惠子才会接着道歉。她喃喃地说了句“对不起”，坐在那儿一动不动。敦因为害羞也不好意思转过身去。其实他还没有生气到非要知惠子对他说“对不起”的程度。

过了一会儿，知惠子静静地站起身，从抽屉里取出一条毛毯盖在敦的身上。也不知是不是为了驱散睡意，她一大早便泡起澡来。

房间里充斥着难闻的烟味，刚从紧闭的抽屉里取出的毛毯，却散发着别样的气息。这条毛毯既没送过干洗店，也没在家清洗过。它带着一种平时感受不到的属于两个人的家的味道，让人想起走进家门时那种安心的感觉。只可惜在这样的时刻，从四面八方涌来的家的味道就像是在责难自己，让敦感到越来越烦躁。他终于忍不住一脚踢开毛毯，然后爬起身，拾起毛毯朝浴室方向的那面墙狠狠扔了过去。

冲突过后，也没有哪一方主动提出，俩人却开始分房睡觉。原本只要沟通一下就可以解决问题，但不知什么原因他俩都刻意避开这个话题。对于每天都要开车运货的敦来说，回家时早已没有了说话的精力。和学生时代不同，工作的劳累是挥之不去的。在肌肉和骨头的缝隙处，它总是顽强地残留在那里。

当敦独自一人入眠时，隔壁房间会传来知惠子的声音。咳嗽声。脚步声。看电视时发出的笑声。有时，夜深人静时还会从墙的那边传来一阵摩斯密码般的敲击声。咚咚，她似乎想传达一些无法化作言语的情感，但敦已经累得丧失了解读的欲望。

尽管如此，遇上天气爽朗的周末他们却比过去更加频繁地外出游玩。就好像为了让生活更合乎某种定律，他们虽然没钱却经常外出。但在临近晚餐时，街上飘起一阵似有若无的烤肉的香气，让俩人备感窘迫。耐不住腹中的饥肠，敦一时兴起对知惠子说："今天就去吃点烤肉什么的吧。"在心底的某个角落，敦隐隐地期盼她能说出"吃烤肉还不如吃我做的菜呢"这样的话，但知惠子的回答从来都和他预期的不同。"烤肉太奢侈了。"她低着头咕哝了一声。被她这么一说，敦反而豪爽地丢下一句："钱这种小事用不着你操心。"

那天，他们到底还是进了一家烤肉店，就是几年前庆祝知惠子跳槽时去的那家位于高丹寺一带的饭店。当时知惠子曾这个那个地点了一堆没吃过的东西，勇敢地挑战起来。但这次，她只是闷着头一脸歉疚地嚼着咬不烂的廉价牛肉，看着叫人觉得胸闷。敦开始诅咒自己的窝囊，同时也觉得如同在嚼蜡的知惠子面目可憎。敦忍不住说：“你就不能吃得开心一点吗？”知惠子也很坦然地表示赞同，但随即又开始艰难地咀嚼起来。那天虽然没有吵架，但回家的路上两个人都一言不发。

干完一天的活，敦拖着疲惫的身体回到公寓，却看到知惠子坐在厨房的桌边。她一边耳朵戴着耳机，正对着录音机说些什么。敦问她在做什么，她突然露出一个灿烂的微笑，回答说打算开始学播音。虽然敦也知道，她念书时曾经参加过广播兴趣小组。但敦不明白，为什么事到如今她突然又想要重新翻开业已逝去的那一页青春。知惠子似乎参加了一门函授的播音课程，语音语调的辞典、录音机、耳机，还有麦克风，整套东西加起来总共花了将近二十万日元。“成天在家无所事事会被小敦讨厌的，所以我就想着自己也该找点有价值的事情做做。”知惠子这样解释。

敦突然有种反胃的感觉。难道俩人刚开始交往时的游戏直到今天都还没结束吗？如果不做些特别的事，难道名次就会落到后面去吗？两个人二字打头的年岁都已经走过了一半。理想这种东西早已被丢进大久保的下水道里，早已在新宿的路上被汗水冲得一干二净。即便这样，她还真以为在未来的某个地方会有意外的幸福在等待着她。

敦觉得越来越不爽。

“你有兴趣当然也不错，但这种时候花这么大笔钱又能怎么样呢？你成得了女主持吗？如果有二十万，我俩这个月可以过得多轻松，你想过没？”敦还是忍不住一口气倒了出来。不料知惠子的反应却比想象的更为强烈。她就像被附体了一般，嘴里一边重复着“为什么为什么”，一边拉住敦的衣领死命摇晃：“为什么不可以？为什么我就不能去追求自己的梦想呢？这么长时间了，我一直很辛苦。没有梦想，活得好累。”就在这时，敦突然觉得，她说话的方式就像那些没水准的连续剧里的女主角。他再次觉得知惠子面目可憎，于是冷冷地丢出一句：“有这种闲工夫，不如去给我好好工作。”

敦只听见耳边响起一声尖叫，但又觉得不甚真切。那之后，敦不知为何始终注视着酱油瓶的瓶嘴，有一滴酱油凝结在那里，就像在委婉地表达不满一般。

等敦回过神的时候，知惠子正发疯般的把教材摔到墙上，嘴里还不断重复着“找不到出路找不到出路”这种不知所以然的话语。敦觉得心烦意乱，丢下一句“去买烟”后出了门。知惠子却赤着双脚追了上来，一边嚷着“为什么只有小敦可以做喜欢的事”，一边再次拉住他的衣领摇起来。八号环线附近虽然车来车往，但行人并不多，所以也没有人上前过问。“我什么时候做喜欢的事了？每天从早到晚地工作，夜里和周末还要写剧本，有时还得带你出去玩，我哪有时间做其他的事？我倒想问问你，你到底想要什么？”听敦这样一说，知惠子猛地用头撞向他的胸口，然后嘴里嘀咕着“鞋没了”，哭了起来。她出门的时候原本就没有穿鞋，却抽泣着哭诉起来：“只要看到小敦我就觉得好紧张，觉得你好像一直在责怪我，所以才弄丢了鞋子。”

从那晚开始，敦收工以后也不愿直接回家。他害怕看见知惠子戴着耳机毫无目的地练习播音。就在那段时间，他在一家常去吃晚饭的餐厅里结识了在附近工作的美发师。因为俩人好几次都在同一时间出现，敦便请她为自己剪了一次头发。敦的母亲也做这一行，所以他对这种职业的人特别容易产生亲切感。不知从何时起，俩人开始同桌进餐，聊各种各样的话题。她告诉敦，因为不想和成天赖在她家的男友打照面，所以经常会在这家餐厅待上一个通宵。她大概是在等着男友失去耐心主动离开。

每晚他们都会在餐厅里聊天，俩人的恋情就这样在不经意间开始了。她因为操劳过度，旧病复发，嘴角长出一堆小水泡。她告诉敦这叫疱疹，但敦从没亲眼见过，所以也不太明白究竟是什么样的病。刚长出来的水泡一碰就破，流出的液体碰到哪儿就会传染到哪儿。她一直拒绝和敦接吻。然而，敦却不顾一切地吮吸着她的水泡，没有憎恶没有恐惧，只是出于怜爱，重复着相同的动作。

终于有一天，敦把美发师按在了廉价旅馆的墙壁上。自从去过第一次之后，也不知什么原因俩人总是选在同一家旅馆。美发师一边抚摸着敦嘴角边被传染到的水泡，一边笑着对他说：“你一次都没有说过喜欢我这样的话。”她的疱疹已经开始痊愈，在嘴角处结起了疤，所以笑的时候皮肤都会微微开裂。敦思考着她说的话。这样说来，也确实如此。敦也觉得自己似乎从未明明白白地说过喜欢她。

其实连他自己都搞不清楚，到底是真的喜欢她，抑或只是在逃避知惠子。

不过敦还是对她说出了这句话。这一次，美发师用自己的嘴唇弄破了敦的疱疹。如同蜂蜜般黏稠的东西，顺着下巴滴落下来，在床单上四散飞舞，于是诞生出更多的疱疹。最终，整个房间都成了一只巨大的水泡。俩人都沉浸在这黏黏的蜜汁里，扭动着身躯尽情畅游。敦带着这样的幻想占有了她。忧郁和爱恋的心情，背靠着背合为了一体。

就快到新大久保的最后一站了，敦和水城朝着一家规模不大的超市开去。那幢建筑共四层楼，每一层的楼梯口都放着为工作人员准备的自动售货机。他们的任务就是给售货机补满商品，最后再去一楼的超市交整箱的货物。但不幸的是那家超市的采购部负责人实在是个令人恶心的家伙。他示好的方式与常人不同。那男人刚过四十，鼻子像箭头般突起，对待送货的人就像对待狗一样。而且他对水城好像青睐有加，不时会把喝了一半的血蛇精华口服液塞给水城，然后乐呵呵地问她“身体烧起来没”这样的问题。每次去那里交货，就连水城都难免会把神经绷起来。

敦忍不住开始没话找话，想帮她缓和一下紧张的情绪。“这种时候说这些话可能不怎么合适，不过为什么女人总会在最不该出现的时候出现呢？往往就是在那种最容易出轨的时候，女人就现身了，不是吗？难道说，准备好了要出轨的男人身上会漏出电波之类的东西来？”

“我说佐藤，你不会是想说自己很有女人缘吧？”

“怎么会呢？我是在说美发师的事啦，”敦说着还开玩笑似的补上一句，“不过要说女人缘嘛，还是有那么些的。”

“照我说啊，像你小子这样的过了三十可就没戏啦。度量不够。成熟的男人到底还是这点最关键。”

“我不是真想跟你讨论我有没有女人缘的问题。我是说电波，你说男人真会放出这种东西吗？我说的可不是什么生物信息素之类的玩意儿。”

“好像是有那么点吧。”

水城按下了点烟机的按钮。型号老旧的货车都带着这个装置，夏天跑这条线路时这一点实在很值得庆幸。毕竟在身体累得瘫软的时候，从口袋里摸出打火机的时间就好像有亿万光年那么久。

“那家伙好像对我有兴趣啊，这种事也总是会有感觉的。”水城补充道。

“这个男人也一样感觉得到。”

“男人？会有感觉吗？大多是在自作多情吧？”

“这样说可就不对了。女人不也会有自作多情的时候嘛。只不过女人基本上都是等在那边的，就算搞错了也不会被发现。但男人需要采取行动，不是黑就是白。所以说起来只不过是女人的行为方式不一样罢了……当然啦，你会怎么做我可就不知道了。再说水城你也不能代表所有女人嘛。不过真碰到喜欢的男人，你应该是主动出击的类型吧。”

“那当然，不出击怎么成？我可不想浪费时间。谁让我是开车送货的呢？目的明确。”

水城也和敦开起了玩笑。每当话题开始朝着某个特定的方向前进时，她就会放出烟雾。这里面似乎也有着某种固定的模式，只可惜敦还没能看破这一点。

“给你的告别礼物果然没选错。营业部里的人，大家可都想了好一阵子。这个那个地讨论了好多杂七杂八的东西，最后到底还是选了这个。”

不就是情人旅馆的优惠券嘛，水城漫不经心地丢出一句。虽然只是营业部的男人们开的低俗玩笑，但从那群家伙的窃窃私语中水城多少能猜个八九不离十。只不过想装作不知道让大家开心一下，所以即使猜到后，她还是故意装出一概不知的样子。

“还不都是为了让你们这群人高兴高兴。”水城说。

“唉，你还真是一点都不可爱。在给你之前我们可不想听你说这些。”

“你别告诉其他人不就得了？”

“可是我自己不就没意思了嘛。”

“佐藤你不一样嘛。”

这句话的意思到底是在说，唯独没有把敦当作男人看待，还是只有他才算是朋友，敦也无法确定。水城依然挂着那副对什么都无所谓的表情。变得温热的点烟机发出一声干燥的声响，燃起一束火苗。帮我也点上，水城用下巴指了指仪表盘上的烟。

不久，他们的两吨货车就隐入了超市的货运出入口。特意为搬送货物预留出入口的店家，在这一带非常少见。这样一来也就不用为找地方停车伤脑筋了。如果是夏天以外的其他季节，还可以慢悠悠地干活。但今天因为要赶在六点之前回去报到，所以水城显得急不可待。她一下车就命令敦“备猫”。所谓的“猫”，就是那台用来搬运整箱果汁的手推车。它的形状就像二宫金次郎[①]背东西用的那块长方形木板，简直可以说是用铁做成的翻版。由于这种手推车构造简单，所以堆货物的时候要注意平衡，推起来的时候也要注意平衡。不过最困难的，还要数推车的过程。一旦前后左右完全处于平衡状态，那车就根本推不动了。为了得到前进的动力，必须要在一定程度上打破平衡。这一点，就像男人和女人的关系。

虽然话是这么说，但也不知为什么，那天敦推车时就把走在前面的水城的臀部当成了前进的动力。他两眼盯着目标勇往直前地冲上了

---

① 二宫金次郎，即二宫尊德，俗称二宫金次郎，日本江户时代末期著名的农政学家、思想家和农村改革实践家。

斜坡，向前走时脑袋里始终装着“女人、女人”这个傻兮兮的念头。因为总是把硕大的钱包塞在里面，水城屁股后面的左口袋开了一道大口，另一只口袋上则有块香烟盒大小的布料褪了色。或许是敦身上不小心泄漏出了猥琐的电波，水城在朝电梯走去的斜坡上非常少见地回了一下头。“不用太着急哦。”她说着用手在屁股边挠了两下。

俩人从最顶层开工。敦把果汁放在最容易拿到的位置，然后踩扁搬空的纸箱把它们叠成一堆。如果硬币箱满了就倒进装钱的麻袋，再随手取出一些扔进找零钱的盒子里。

等他们喂饱了二楼的售货机，水城的神经也随之绷紧了。

见到一楼的负责人后，他让俩人去把和他们无关的香烟售货机填满。不幸的是，听从指挥也算是他俩的职责之一。对敦来说，因为对方是个男人，所以他深知应该如何蒙混过关。办法就和对付初中还有高中的学长一样，只要装傻充愣就行了。“不是吧，这么热的天还要加班啊，不给点好处没力气做啊，”敦开始施展招数，“你就随便给点烟或者口服液什么的吧。”他继续卖傻。到这儿就算告一段落了。即便被敲两下脑袋或者被拳头砸一下头顶，习惯了也就根本不会放在心上。

面对这种男人之间的社交场面，水城瞪大了眼睛在一旁观看。那负责人却愈加兴奋，终于蹦出了那句每次必说的台词：“那边那头荷兰乳牛。”

“干吗？”水城说着懒洋洋地走了过去。为了避免出现尴尬的局面，敦催促着那个男人："快给点补品口服液什么的吧。"那负责人却没头没脑地对水城丢出一句："你，还没男人吧。"这时敦立刻嚷着"少废话"，把他拖进了办公室，然后拿着几瓶也不怎么感兴趣的口服液跑了出来。

水城带着一脸鄙夷的表情看着敦。

临走时，水城依照规矩机械地告诉负责人，因为要转到其他部门，所以明天开始这条线路会转给其他司机负责。不料那男人却突然不好意思起来，简短地吐出句"这样啊"，然后点了点头。

俩人交完货后回到了停车场。

"太好了，你总算可以从箭鼻男那儿解放了，"敦讽刺那个负责人说，"不过，就算是最后一天那混蛋也还真是让人不爽。我刚才装香烟的时候，他在你手上乱涂乱画了吧？这种事情，不知道算不算性骚扰。"

"算不上的啦。"

水城的回答干净利落，她的左手臂上还留着"三角地"的字样。

"真气人。总有一天，我要帮你给他点颜色看看……用男人的方式。"敦说着头枕着双手靠在了椅背上。可惜两吨货车没有多余的空间放倒座位，略向后靠就会贴到隔板上。

"别说话像小孩似的。你什么时候才能长成个大男人？我家七岁的大儿子都比你靠得住。"

"话说回来，你今天还要见孩子吧？手上那些字不擦掉可就麻烦了。晚上总要和孩子们一起洗澡吧。"

字是用油性笔写的，敦知道即使用毛巾擦也是白费力气。虽然明白这一点，但只是看着那些字，敦总有些莫名的悲哀。他让水城伸出手臂，用湿纸巾狠命地擦拭起来。

毫无疑问，那些文字没有丝毫变化。

“费那么大力气擦它做什么？反正男人也喜欢这个。说起来，‘三角地’是关西①的说法吧？我记得你是关西人，没错吧？”

水城还笑着补充说：“我以前的老公喜欢管那儿叫‘洞洞’。”她解开缠在头上的毛巾，理了理从发髻中散落的头发，接着又转回刚才的话题：“不过我问你，你小子是因为爱上了美发师才离的婚，还是即使没有美发师也一样会跟知惠子分开？”

敦考虑了一会儿，面对水城的时候，他想试着说真话。或许正因为水城既不是他的妻子，也不是他的恋人，所以才想把那些见不得人的部分也一吐为快。

“可能……还是因为有了那个美发师吧。”

“那也就是说，你喜欢她喜欢到了即使毁了现在的生活都无所谓的地步？”

“说实话，如果跟知惠子没变成那样的话，我又觉得自己可能都

① 关西，指日本关西地区。历史上原将东海道铃鹿关、东山道不破关以及北陆道爱发关这三关以西的地区称为“关西”，以东则称为“关东”。其后这一概念数度变迁，目前“关西”主要指以京都、大阪为中心的地区，而“关东”则以东京为中心，但都没有地理上的明确划分。

不会爱上她。”

“这种实话千万不能说，所以才被甩了不是?”水城转动了车钥匙，但因为火花塞长久没清洁，引擎怎么也发动不起来，“不过我也和你差不多吧。说真的，离婚的时候真觉得自己都不认识自己了，完全不知道自己在干些什么。”

“我现在的状态就是这样的吗?”

没错，水城低声答道。接着她又一脸认真地感慨起来：“碰上你这种家伙，知惠子她也够可怜的。”不知道是不是一直都和水城商量这些事情的缘故，也不知从何时起，她不再使用“你媳妇”这种说法，而是直接叫起了知惠子的名字。直到这时，敦才注意到这一点。

“说起来，你俩是谁先提出离婚的?”水城直截了当地问。敦回答：“是我，一时冲动就说了。”水城毫无缘由地微笑起来。她说：“没想到你小子还有那么点扮恶人的觉悟啊。”

“事实上，本来就是我不好嘛。”

那是，所以呀……

敦早已经习惯了水城不同寻常的说话方式。他一直以为中途打住只是因为水城找不到合适的词汇。但那一天，她似乎在表达着一些更重要的东西，敦总有这样的感觉。

敦故意挤破了嘴角边长出的疱疹，镜中的自己让他想起了他的母亲。他母亲觉得疲劳时，嘴角也会长出一些东西来。或许那也是疱疹，但那时母亲对他解释说这都是内火害的。她告诉敦，内火开花的时候特别痛。

敦也学着母亲的样子向知惠子这样解释。结果知惠子却摆出一副事不关己的态度冷冷地说：“谁让你不早点去医院。”然后就像唱独角戏般的挖苦敦：“不过小敦你看上去好像也不怎么想治好它嘛。”虽然这句话未必有错，但敦突然冒出一个傻傻的念头。在心底的某个角落，他期盼着这些疱疹干脆长满整张脸，同时也隐隐地希望自己和美发师的关系就这样大白于天下。

然而，那些疱疹终究只是规规矩矩地在嘴角边占据着一小片天地。

与此同时，嘴上催着敦去医院看病的知惠子也不再认认真真地对待自己。或者说，她是在认认真真地虐待自己？她开始搞出各种孩子气的自虐行为，看在眼里让人觉得可气。敦也变得不知所措起来。面对故意用刀割破手指也不包扎的知惠子，敦不知该如何制止。当她做了一大桌的菜肴却只碰一口就悉数倒掉的时候，敦也不知该如何面对。尽管知惠子喃喃自语着“没有食欲”“发烧了”，敦却对这一切心生厌恶，只是对她放任不管。有一次，敦梦见自己被蜻蜓叮咬而从睡梦中惊醒。他突然感觉到被子里有一只手正紧紧地掐着他腹部的肌肉。有那么一瞬间他怀疑自己只是在做梦，但很快他就意识到那只手属于知惠子。面对她的突袭，敦无论如何都无法采取最正常的行动去质问她为什么要这么做。无奈之下，他只能翻身逃避。于是，知惠子的手顿时失去支点，在被子里发出一声沉闷的声响。

但那段时间，敦的脑海中只有知惠子。

虽然这样的话听上去有些不可思议，却是事实。尽管两人的关系已经跌入史无前例的低谷，但无论是开车还是写剧本，甚至在沉入梦乡前的片刻时间，敦都在想着知惠子。即便是和美发师在一起的时候，某个地方都隐藏着知惠子的身影。当然这种感觉和出于爱恋的思念不同，但又不是与日俱增的恨，其中既有爱的片断，也有恨的残片。敦想着，她曾对我如此温柔；敦也想着，她曾对我如此恶毒。数不清的情感一齐涌上心头，扰乱着他的心绪。

只要待在同一间房里就觉得喘不过气，所以每到休假日敦总是漫无目的地出去闲晃。他想去找美发师，但她周二才休息，周六周日的时候反而格外繁忙。敦知道，一个人看电影只会让他想起自己正在放弃成为剧作家的事实，然后变得自暴自弃。同时他又没有多余的闲钱可以随心所欲地购物。

那天，敦决定在图书馆里打发时间，晃了一圈却没有找到半个空位。他明知外借的书是读不完的，却还是借了一册口袋本去了公园。这片街区的中央有个巨大的公园，图书馆和市民广场都在里面。敦看见一张只有一半在树荫下的长椅还空着，便躺了上去，在孩子们的嬉闹声中翻开了书页。孩子们的笑声天真无邪，却再次唤醒了他对知惠子的记忆。学生时代的情景重新浮现在眼前：什么时候该要孩子啊，或者一辈子就这样过俩人世界？那时两个人都穷得叮当响，连结婚都八字还没一撇，他们却热烈地讨论着他们的未来。

半天过去，书却连一章都没读完。

回家的路上敦故意买了条烤鳗鱼。出于对知惠子爱恨交加的心理，他故意买了价格昂贵的国产鳗鱼。一方面，知惠子很喜欢吃鳗鱼，敦偶尔也想买些好东西给她吃。但另一方面，敦也想教育她，要想心血来潮去买国产鳗鱼吃，没钱可是不行的。他很想对她说：“像你这样成天躺在家里，可就再也吃不到了。”

回到家的时候，知惠子正趴在地上擦洗地板。“刚烤出来的，赶快趁热吃吧。”敦说着独自准备起了鳗鱼饭。他还冲了汤料，备好了汤。但知惠子并没有停手的迹象，她头也不抬地说：“还没到吃晚饭的时候，而且地板也擦了一半，你自己先吃吧。”敦也不好命令她现在就吃，于是只能独自一人坐到桌边吃起来。这时，知惠子伏在地上的背影映入了敦的眼帘，就像是在讥讽他。敦觉得连碗中的鳗鱼都变了味，吃起来就像一块凝结着的油脂。

为了换换口味，敦取出了梅干①。他特别喜爱梅干，几乎无论什么菜都要和梅干一起吃，这都快成了一种习惯。然而，就在他取出梅干里的核正要和鳗鱼饭一起吃的时候，敦突然想起这两种东西似乎不应该一块儿吃。至于吃了以后会有什么后果敦也搞不清楚，但他只记得这样的吃法应该是种忌讳。事实上鳗鱼的味道却和梅干很相配。敦

① 梅干，日本传统的佐餐食品，由成熟的梅子经腌制后晒干制成。

的父母家可以采到梅子，那时每当买到味道不怎么好的鳗鱼，他们家就会和着梅干吃下去。

“哎呀，现在才想起来，”为了让知惠子停下手里的家务活，敦故意开始找话说，“鳗鱼和梅干好像不能一起吃的，应该有这种说法吧？虽然是迷信，不过想想也不会完全没道理吧。不知道会不会有什么其他的意思。而且鳗鱼又那么贵……”

敦原本打算继续说：“如果和梅干一块儿吃，再多鳗鱼都能吃下去。这也太奢侈了。说不定就是为了避免这样，以前的人才想出了这种说法。再说了，过去的人都吃不得油腻的东西，到夏天肠胃肯定特别弱，鳗鱼吃多了说不定还要拉肚子。花了那么多钱还落下个拉肚子的下场，那可就太冤了。”

但知惠子还没等他说出下面的话就插了一句：“贵的又不只是鳗鱼，梅干也不便宜。”

这种事不用你说我也明白，敦在心里念叨着，我又不是把家里的钱都拿去买梅干吃。再说，我开头不就说了是一起吃的问题吗？这种时候就应该说些傻里傻气的话题，然后一边这个那个地争论一番，一边一块儿吃鳗鱼，不是吗？这样才是恋人，才是夫妻吧？怎么你就是不明白呢？

“梅干不便宜这种事情不用你说我也知道，反正都是用我的钱买的。”敦扔下这句话，把自己关在了房里。

第二天早上，他打开冰箱看了一眼，那条烤鳗鱼知惠子碰都没碰，冷冰冰地放在那里。敦将它切成小块，然后和去了核的梅干一起捏进了饭团。这就成了他那天开车时的早餐。

星期二的晚上，敦把这些话说给美发师听，她躺在床上点着头连声附和起来："没错没错，就是那些别人说不能一起吃的东西放在一块儿，味道反而特别好。我奶奶以前就跟我说，西瓜不能和炸的东西一起吃，结果我就把西瓜给炸了。

"先把西瓜皮切成薄片，然后油放多一点扔进去炸。如果撒点香料，那味道就像来自某个遥远的国度。当然事实上可能根本就不存在，但那味道会让人觉得就在某个地方有着一个这样的国度。

"下次也做给你尝尝。"美发师在敦的耳边轻声低语。敦笑着感慨："吃法是遭忌讳的，估计看上去也不怎么样，这道菜听起来还真够糟的。"但她回答："遭忌讳的东西大多可都是很美味的。"

敦突然觉得，如今在这里的两个人，仔细想想也就像两种不能放在一起吃的食物。应该忌讳，但一定很美味，而且还散发着来自另一个世界的魅惑的味道。

那时，敦第一次明明白白地考虑起了离婚。

就在这两个字闪现在他脑海中的那一刻，他的心迅速向它们靠拢过去。事到如今怎么都没想到呢？就连身体也都顺从地倒向了那一边。

从公寓望出去可以看见一根巨大的烟囱。在那个大公园的地底下好像有一台垃圾焚烧设备。之所以说好像，是因为他们虽然住在附近却从未注意过这一点。

唯有那根烟囱拔地而起。也不知是不是要将它当作公园里的标志，烟囱身上还装饰着一只巨大的手一般的雕塑，或许这才是它本来的面目。

烟囱顶上装着航空标志灯，白天像闪光灯一般发出白色的光芒，夜晚则静静地闪烁着红光。那一闪一闪的光亮似乎在向敦诉说着什么。在他因为工作疲惫不堪，或者喝多了酒的时候，那光和影都在劝他，分开不是很好吗？人生不就柳暗花明了吗？

在阳台上抽烟的时候，敦觉得这些低声细语从未间断过。他意识到这样下去可不行，于是回到了厨房，却看到知惠子驼着背显得非常疲倦。她一脸无聊地坐到桌边，看起了厨房里的小电视。敦瞥了一眼水槽，下水口边上残留着几颗米饭。敦无法判断这到底是知惠子吃过晚饭的痕迹，还是扔掉晚饭的痕迹。问她，她一定又会说刚吃过又吐掉了或者没食欲之类的话，故意刁难人。敦这样想着，打算直接穿过厨房了事。心里有些悲伤又有些鄙夷。

就在那时，也没有任何征兆或缘由，敦突然想赌一赌自己的人生。他突然想让上天来决定他们的未来。敦默默地念着“该选哪一个呢，谨遵天神的意愿”，然后在心里摇动手指，结果最后一个字落在了知惠子那一边。“那个……我有话对你说。”敦说着把知惠子叫到了自己的房间。虽说是自己的房间，但其实也只是分居后才变成了这样。

“到底有什么事?”

知惠子走进房间后也不在沙发上坐下。敦以为是因为沙发上扔着一条毛巾毯的缘故，于是移开了它。但知惠子依然没有落座的意思，只是站在敞开的门边。“先坐下吧。”敦说着自己坐到了电脑桌的边上。知惠子却回答：“不用了，有话就说吧。”“你就先坐下吧。”敦说着正想站起身，却看到知惠子紧紧抓住了门把手。敦忍不住想，这女人到底在干什么？又不是让她坐电椅，这算什么意思？以前犯困的时候，两个人还一起在这张沙发上睡着过。这样的地方难道还不够熟悉吗?为什么连碰都不想碰一下呢?

“可能会花些时间，你就先坐下吧。”敦终于忍到了极限，他站起身想把知惠子从门把那儿拉开。可没想到她用力握住把手不放，连手指都发白了。虽然敦自己都不明白这是在争些什么，但他就是想拼命掰开知惠子的手。每次一到她身旁，自己就会变成这样，脑袋里想的和手上做的像错位了一般。他心里很清楚自己并不想这么做，但每到这样的时刻常常都会丧失理智。敦想把她的身体整个拽到沙发上。就在他双手抓住知惠子肩膀的瞬间，却被她闪开了。敦猛地向后倒去，手肘撞在了门框上，整条手臂一阵发麻。为了弥补刚才的失态，敦使足浑身气力向知惠子的手再次发起挑战。到这一步，他早已忘记了目的，也忘记了结果。敦认真起来，就像和男人干架时一样，他甚至用上了指甲。

然而，知惠子既不叫痛也不求饶，而是对着敦的手指全力咬了下去。犬齿嵌进了肉里，敦只觉大拇指上一阵刺痛。他用左手击打知惠子的脸颊，但被咬得更深了。

这时在敦的眼里，知惠子就像一条狗，就像那条他父母家养的狗。那条狗上了年纪后，脑袋越变越小，而且它只和敦一个人亲近。后来它变得凶猛起来见人就咬，家里人只能用锁链拴住，任它自生自灭。因为也没人带它散步，所以那条狗时常会发出凄凉而悠长的叫声。然而，当你出于怜惜伸手想为它解开锁链时，它却会发狂般一下子咬住你的手臂。于是，爱怜之情还未等蹿起火苗便已燃烧殆尽，顷刻间转化成厌恶和愤恨。敦忍不住对它拳脚相加，折磨到它卷起尾巴。虽然事后总会自责自怨，当时却无论如何都抑制不住内心的冲动。

就和那时一样，敦现在也清楚地感觉到了心底的愤恨。依照记忆中对付狗的经验，敦并没有试图拔出被咬住的手，而是将它塞进知惠子的口中。唾液自她的嘴角滴落。她呕吐起来。知惠子放开了门把，双手捂着嘴蹲在地上。

我们到底在干什么？我们到底想要什么呢？敦不忍再看着知惠子，将视线移到了厨房。这时他才发现荧光灯的灯管有一根已经不亮了。在调整呼吸的时候，他又注意到房间的角落里落满了灰尘，接着还发现墙上留着被东西砸过的痕迹。许多地方都已经破败不堪。虽然在很久之前就早已变成这样，但他始终未曾留意过。

就在这时，敦像突然发病一般说出了这句话："我们离婚吧。"

"是我太任性了，我们还是离了吧，"知惠子蹲在地上自言自语着，"我就知道你迟早会说这句话的。"她并没有哭，反而用一种放心了的语调对敦说，"你再早点说出来就好了。"她颤悠悠地站了起来，嘴角边出现一丝血痕，"得快点包扎一下。"知惠子说着走过去拿医药箱。敦以为是被自己打出来的，正想去看看她的情况，却发现那些血来自他自己的拇指。

门口玄关处传来一阵胡乱翻找的声音，接着又是一连串的抽泣声。

结果那个夜晚，消毒剂始终没有送到敦的面前。他只能撕开桌上的香烟，把烟草敷在手指上止血。反应非常强烈，但随着那股疼痛传遍身体的每个角落，敦竟觉得自己正一点点从睡梦中醒来。

街上响起一阵汽笛般的长鸣。敦疑惑地问："不会是光化学烟雾警报吧？"水城却面无表情地回答："新宿这种地方才不会发布那东西呢，一来听不见，二来也没人理它。"

事实确实像水城说的那样，更何况这里还位于歌舞伎町的深处。就像电视上警务追踪节目里经常能看到的，入夜之后，这里既少不了醉汉打架闹事，也少不了店家敲诈勒索，更少不了女人卖淫拉客。会关注那些烟雾的人，在这儿恐怕是遍寻不着的。

"说出来可能有点奇怪，我一听到光化学烟雾警报，不知道为什么就会想起知惠子。可我们在一起的时候明明就没发生过这类事情。”

“怎么啦？不会已经开始后悔了吧？亏你手指被咬得那么惨。”

水城把变了形的看着已经不能卖的罐子放在售货机的角落里，关上了门。即使不放进隔板，只要在机器里就一样会有冷藏的效果。这样做是为了下次来的时候备用。每到夏季，一天总要消耗五六罐饮料，如果都自掏腰包，那这个月的零花钱可就所剩无几了。

“还吹牛说是被售货机的隔板划的。”

“但总不能说是被自己媳妇咬的吧。这种话怎么说得出口？”

水城停下手里的活，抬起敦的右手，然后盯着那处肿胀的伤口估摸着说：“这看着像是消不掉了吧。”

他们回到车上，挪了十多米的距离到了下一台售货机。机器被自行车挡着，于是只能耐着性子一辆辆地搬到一边。接着俩人拿出一大串钥匙打开售货机的门，从上到下粗略扫一眼后，再从没用的空箱子上撕下一块，写上需要补充的商品。不知不觉已临近下午三点，敦匆忙打开货车后门，卸下需要的货物。因为货车距离售货机很近，所以也没用上“猫”。

“没想到你俩也够苦的，”水城一边动作迅速地打开纸箱，一边嘀咕着，“不过那样才有离婚的意义。”她头也不抬地加上一句，像在教育面前的乌龙茶。

“为什么这么说？”敦也不停手，就像在聊天气一般，继续拆着搬空的纸箱，“我俩闹得可难看了，现在都不愿去想它。”

“难看吗？不是挺好？又要好看又要搞外遇，怎么可能？”水城又感叹起来，“经常听人说，只要不被发现，搞搞外遇也没事，还有什么只要最后回到我身边就成了之类的。这种话，都是嘴上说说的。男人和女人，一旦来真的大概都很难看。就算打个两败俱伤也不是没可能。”

“不过我爸妈对这种事情好像处理得还不错，”敦提出了异议，“自从我妈离家出走回来之后，外遇啦出走啦，甚至连长崎这个地名在我们家都听不到了。就好像电视上突然出现了一个赤裸裸的女人，一家人都装作什么事都没发生过。我爸妈就这样过来了，到现在也都没离婚，还住在一起。”

水城却很干脆地说：“那根本就是两码事。他俩不是处理得好，只不过两个人都习惯了互相厌恶的日子罢了。”

“当然啦，我自己也都到了这个岁数，也不想说什么大道理。其实假装没那么回事也好，一边维持婚姻一边在外面搞外遇也好，我也知道大家都有大家的活法。只不过，这样的生活会不会太寂寞了？”水城想了想又补充道。

“所以呀，两个人都头脑清醒地一起搞外遇大概是最好的办法。比方说给知惠子也弄个情人什么的……”

“你不是来真的吧？”水城打断了他。因为觉得刚才那句话太有冲击力，敦忍不住辩解说：“当然是在打极端的比方啦。”

过了好一会儿，水城突然自言自语起来：“两个人一块儿出轨应该不能算是我说的外遇吧。”她话中似乎带着其他的意思。“该怎么说呢……两个人一块儿搞外遇看上去很公平，但感觉就好像只是在交朋友的时候带上点性游戏。和性放在一块儿听起来可能有点怪，不过这种关系就像按摩时本来该用干布摩擦身体，却偏偏把它给弄湿了。话说回来，如果两个人这样还能心心相印，而且都挺满意的话，也没什么不好。”

“完全不明白你在说什么。两个人在一块儿的时候，要的不就是心吗？”

“但我说的是，如果想要的东西比心还要更深一步的时候。”水城解释着。敦却越来越感到一头雾水：“首先，比心更深一步的到底还有些什么呢？”敦直率地问水城，却没有得到回答。“要说比心更深一步，那大概就只剩下一条命了吧。”敦故意调侃她。没想到水城却赞同地嚷起来：“有道理。”

“那可就不是外遇了，而是恋爱，真的恋爱。”敦说着把装满货物的纸箱挪到更方便拿的位置，片刻都没有停下手里的工作。水城也一样。她也顾不得擦汗，边干活边开始倚老卖老：“我说你到底还是个小孩。”

“我说的可不是那种情情爱爱的游戏。一旦来真的，可就不一样了。到时候恐怕连自己到底是喜欢对方还是讨厌对方都闹不明白。说不定还会特别夸张地发一大通脾气，然后只想折腾到连对方的心都粉碎的地步。所以才说是连命都想要。那时候自己的生活已经完全无所谓了，只希望自己和对方两个人能一块儿消失。”水城又解释起来。

“你小子是大学毕业生，应该能想出一个词来形容这种感觉吧？”水城问敦。

但敦一下子也想不出，只好随口敷衍：“比如……殉情？”

“不对不对。并不是死了一了百了的那种。不是绝望，而是只想和对方一起消失掉。已经过了喜欢那样的阶段，只是想和那个人百分百地融在一起，然后消失掉。”

“要说清楚还真不容易。”水城苦笑起来。敦回答：“怎么听上去和那个‘烟灭战术’很像啊？”她却略带不满地丢出一句：“也许吧。”她大概觉得敦还不足以成为谈这个话题的对手。

这时，不知从何处又传来一阵汽笛般的声响。

敦竖起耳朵想试着分辨，水城却挖苦他：“难道又想起知惠子了？”

每到夏天，这条线路如果一天不跑两圈，部分售货机就会出现缺货。不巧的是，今天货车里的货却不够用了。因为最畅销的绿茶见了底，他们不得不返回营业部。尽管如此，水城依然没有放弃六点完工的目标。就连部长都还抱着希望，鼓励他们：“拼一拼也许就搞定了。”

然而，就在他们刚开过西武新宿车站不久，水城的手机响了起来。她将货车停在路边，接通了电话。挂机后她显得非常焦躁，把脏兮兮的指甲放进嘴里咬起来。好像是高田马场那一带有一家高尔夫练习场的售货机遭了殃，取饮料的地方被人塞进了发烟筒。

“妈的，这么忙的时候还来捣乱，而且又不属于我们的线路。”水城咒骂着。

由于两人刚好在那附近，结果部长就命令他们去看看情况。当初放置售货机的时候签的是全责合同，所以也不能麻烦高尔夫练习场的人。而且售货机里的零钱也有可能被人卷走。虽然现在的机型偷起来并不容易，但也不能因此掉以轻心。

水城开着减负不少的货车飞驰到现场，幸好钱和商品都安然无恙，但售货机的出货口被烟熏得一片漆黑。她先和负责人谈了谈，接着和营业部取得了联系，部长打算运一台新的过来。不过，因为机器运到后还要确认安装情况，然后补充商品和钱币，所以在装着起重机的大卡车到来之前，他俩不得不在原地待命。自动售货机的租赁和销售业务，都由另一家专门的公司负责。

或许是为了避免电池电量消耗殆尽，两吨货车的空调始终处于关闭状态。虽然窗玻璃已经摇到了底，但没有一丝风吹进车内，反倒是车外看起来还凉爽一些。只可惜没有其他地方可供他们休息。俩人只能一动不动地窝在座位里打瞌睡。

过了一会儿，两个刚练完高尔夫、年过不惑的人从练习场里走了出来。那俩人的声音听起来都有些亢奋。虽然大街上喧闹无比，夹着停车场的两栋大楼却制造出了回声的效果，让他们的声音听起来格外清晰。那女的说：“我们在残影里走吧。”显得特别开心。敦不知道

“残影”这个词的意思，于是便一个劲地盯着他们。只见那一男一女故意绕来绕去地顺着大楼的影子向他们的车走去。虽然敦还是不太确定，不过那样的影子似乎就叫作“残影”。

中途找不到大楼影子时，那女的就会沿着汽车或者广告牌的影子走，有时甚至像孩子一般笑着躲进她丈夫的影子里。敦总觉得，孩提时代自己也曾玩过同样的游戏。不过好像又不是“影子小鬼”①，那到底叫什么呢？敦努力搜索着记忆。

“快看那对夫妻，”敦问也在看着同一个方向的水城，“像那种在影子里走路的游戏叫什么来着？”

水城却回答：“我压根儿没听过这种游戏。”接着她又加上一句完全无关的话：“而且那俩人也不像是夫妻吧。”

“我看肯定不是夫妻。”水城下了结论。

“哪有？怎么看都像是夫妻嘛。”

“不对不对。而且也不像是搞外遇的。肯定是两个人都死了老伴，现在刚刚好上，”水城还是固执己见，坚持说，“一看那俩人之间的气氛就知道了。”敦却嘲笑她：“哪有什么气氛，你别是热晕了看花了眼吧。”水城一听也挖苦他：“佐藤你现在没这种心情，所以才看不出来。”

---

① 影子小鬼，一种集体游戏，先选一个人做鬼，然后由鬼去追赶其他人，被踩到影子的人就得去接替鬼的任务。

“身边难道没什么合适的对象吗？”水城接着问。

虽然敦并不想认输，不过他还是老老实实地回答说：“最近没什么兴趣。不知道是离婚离厌了，还是跟人相处厌了，或者是对女人厌了，反正只想一个人过上一阵子。”

“离婚啦人啦厌了都没关系，对女人厌了可不行啊。”水城教育他说。

在停车场的出入口，刚才那俩人开的小宝马正磨磨蹭蹭地想要转出去。就连一会儿停车一会儿起步的时候，他俩都显得特别开心。

果然还是恋人啊，敦改变了想法。然后，脑海中再次浮起了知惠子的身影。

正式分居的前一天，敦和知惠子安排了最后一次约会。像恋人或者夫妇那般同进同出，对俩人而言早已显得非常陌生。考虑到从今以后或许再没有见面的机会，他们决定去那些写满回忆的地方四处转转。虽然这是知惠子的提议，但敦也没觉得有什么不妥。

然而，两个人并没有重温逝去的时光，相反，这却成了一段丢开过往的旅程。当他们走进初次邂逅的大学，知惠子一边在校园里漫步一边回忆说：“还记得以前，小敦你送我生日礼物的时候，总不忘加上你打了多少时间的工有多辛苦之类的话，不就是想提醒我受了你的恩惠嘛。”

说来也奇怪，听到这些话敦心里非但没有一丝怒火，反而笑了起来。自从决定离婚之后，心也莫名地平静了下来，就好像刚开始约会时那种惬意的感觉以一种截然相反的形式被再次唤醒。虽然不知道知惠子是否也有同感，但如今许多事都已不用介怀，所以敦也不甘示弱地反击说："小惠你不也总爱夸耀自己喜欢交朋友吗？可是差不多每个朋友都有你讨厌的地方吧。那个排名次的游戏，大家分数都好低，特别是我那群朋友。

"其实你根本就看不惯别人吧。"敦总结道。知惠子也笑了起来。她这时的心情至少应该和敦很相似。

那之后，无论到哪儿俩人始终都保持着这种风格。在过去时常光顾的租片店里，知惠子感慨："小敦总喜欢开关西腔，烦死人了。"敦回答："亏你看上去还挺有眼光的，没想到音乐品位糟透了。"在他俩过去居住的下井草一带的公寓前，知惠子说："打发走一个上门推销的人都能让你开心成那样，真是糗死了。"敦说："你当初还不是连咖喱饭都不会做。"去超市的时候，知惠子说："你每次装东西总习惯蘸一下口水再捻开塑料袋，真恶心。"敦说："为了挑保质期长的东西，你买牛奶都要掏里面的，我最看不惯了。"结果，两个人都忍不住大笑起来。因为无论去到哪里想起的尽是那些令人生厌的往事，连他们自己都不明白俩人当初是如何相恋又走到结婚这一步的。虽然谁都说不出原因，但俩人都从这份荒唐中感受到了莫名的快乐。

他们就这样沿着地铁线路走了一两站的距离，终于有些疲倦了。毕竟这一天艳阳高照，而俩人中途也未曾停歇。他们都预感到，最后的约会已经临近尾声，这也意味着两个人即将走完最后一程。虽然天色还早，他们还是走进了那家曾经光顾过几次的小饭馆。在饭菜准备好之前，俩人先要了一小瓶啤酒喝起来。他们对搜肠刮肚找寻不开心的回忆多少有些厌倦了，但谈论未来对如今的他俩而言又太不自然，于是只能一言不发地喝着酒。尽管如此，平和的氛围始终包围着俩人。知惠子说："今天的约会好像很普通哦。"敦点了点头，吐出一句："就是呀。"便再也找不出其他的话语。

两个人都点了油炸套餐。和过去一样，敦默默地把吃不惯的奶油可乐壳夹进了知惠子的盘子。过了一会儿，知惠子也把自己讨厌的炸扇贝放进敦的盘子里。知惠子淋上酱油吃起来，敦则选择了浓酱汁。

已经习惯狼吞虎咽的敦早早解决了自己的套餐，只能在一旁干坐着。他突然想起什么似的，从包里取出了那份原本打算到临别时再给知惠子的礼物。没想到她却反问："这样一来，岂不是好像在庆祝离婚一样？"但言辞间感觉不到丝毫恶意。她带着略显疲惫的微笑，拆开了包装。

礼物是敦在新宿一带买的印章，他还记得在商量离婚手续时，知惠子不小心漏出了这样的叹息："真没想到居然这么快就分了，改姓前的印章都被我扔了，早知道至少留下枚全名的……"那时，敦对于和知惠子之间的纠葛正变得越来越释怀，于是他决定送她印章作礼物。敦估算着夏天的加班费，特意给她买了转运印章。三枚一套，价格还真不菲。

就在知惠子端详印章那会儿，敦开始倒卖那家可疑的印章店的老板所说的话："缺个角之类的可不太吉利，从父母那儿拿来的也不怎么好。"

他正想接着列举这些印章的好处，知惠子却抢先说了句"谢谢"。

"不过我说小敦啊，你到最后还要捉弄人，都这种时候了还跟我开这样的玩笑。"知惠子说着笑起来。

因为不想破坏那天的气氛，敦只能陪着她一起微笑，然后在心里跟自己说"算了算了"。尽管敦买这份礼物毫无玩笑之意，但他实在不想葬送这种久违的愉悦。

在去车站的路上，知惠子迈着和平时一样的步伐。她似乎要顺道去某个地方，所以会和敦坐相反方向的车。而敦却总觉得好像还忘记了什么，反而在后面磨磨蹭蹭地走着。

有好几次，知惠子故意看着路边橱窗里的商品等敦追上她。

"如果再早点像今天这样出来的话，是不是会不太一样呢？"敦走到她身边时，这样说道。

她看得入了神的橱窗里摆着一团团的毛线和编织用的棒针。那时已到八月，早已是盛夏时节，毛线和棒针未免有些不合时宜。但大概由于经年累月都一直放在那里，毛线已被太阳晒得黯淡无光，竟意外地和周围的风景融为了一体。时间，可以让任何东西都变得和谐起来。敦不禁想起了自己的父母。

这时知惠子回答："我觉得再早结果也都一样。最多不过是晚半年离婚而已。"

“到头来，都一样吗……”敦说着，用手遮在橱窗上向店里望去。不知是不是歇业的缘故，店门口也没有一点灯光，就连橱窗玻璃都透出一股灰尘的味道。

“说来也是，数数喜欢的地方和讨厌的地方，如果讨厌的更多，那是无论如何都没办法了。”敦感慨着。

知惠子听后却非常少见地扔下一句干脆利落的话：“可惜我不这么想。喜欢和讨厌是不能做加减的。就算可以乘除，也不能加减。”

敦有些不解，便问她为什么。知惠子也不细细解释，只回答说：“没有为什么，就这样而已。”接着她又丢下一句“反正我这样想”，便转身向车站走去。其后的一路上，她尽说些手续上的事，比如答应会回家取自己的行李，再列了一下要带走的东西的清单。离婚申请书在知惠子那儿，她告诉敦自己填完后再给他寄去。和结婚时一样，敦那一方的见证人也由知惠子帮他找。她最后还叮嘱敦千万要在九月一号前把申请书送回给她，似乎打定了主意要在那一天递上去。四年前，提出要在敦生日那天去办结婚手续的正是知惠子。而这一次，她则想在同一天办完离婚，也算有个圆满的交代。若换作前两天，敦或许会奇怪为什么她非要做这么讨厌的事。但因为有了这一天的经历，敦的想法已然改变。更何况他也意识到，如今再问原因也毫无意义了。

敦说：“递申请这种小事就让我去吧，也就是请一天假的问题。反正一定在九月一号交过去就是了，保证不邮寄，自己跑一趟区政府。”

知惠子对着敦盯了好一会儿，好像在犹豫是交给他还是不交给他。那双向上注视着敦的眼睛显得疑虑重重，她正在烦恼该不该信任敦。其实对敦而言，这种事原本无须挂心。若由知惠子去交，他连假都不用请。但不知为何敦就是放不下这件事，惴惴不安地等着她的答复。

当敦听到知惠子说“那就拜托啦”的时候，他甚至有一种想感谢她的冲动。

在自动售票机前买车票时，敦还差十日元的零钱。他钱包里只剩下一万日元的大钞，面前这台机器刚好不能用。就在他扭扭捏捏不知所措之际，一旁的知惠子替他放了一枚十日元的硬币，然后说：“就算是交申请的跑腿费了。”“不会吧，才给这么点啊！”敦故意开玩笑地抱怨起来。“就这么点了。”知惠子笑着回答。她的笑容，为这一天画上了句号。

那也是敦见到的知惠子最后的表情。

确认完新售货机的安装情况后，水城给营业部挂了通电话报告工作结束。那时部长告诉她第二圈就不用跑了。考虑到即便现在回营业部取货也不可能在六点前完工，部长好像决定亲自出马找辆空车替他们送。就算这是水城最后一天送货，今天的部长也未免温柔得令人难以置信，敦有些百思不得其解。而水城接受部长的好意这一决定本身，也出乎敦的意料。因为她这个人，素来都极其讨厌受人恩惠或者被人照顾。起初，敦只是简单地以为她不想被人嘲笑说“女人家开车也只能这样了”，可搭档时间久了才知道她真实的想法。原来她讨厌这些的原因要强势得多。水城说：“你小子想抢我的加班费吗?!”

正因为如此，敦越发纳闷起来。

“部长说了，回去的时候走歌舞伎町那边，穿过宾馆一条街，把能装的东西都给塞满。”水城告诉敦。

“不过，部长今天跟平时不太一样啊。”

“说不定想着终于能赶我走了，所以心情特别好。”

或许就连水城都起了疑心，她突然变得话多起来，故意引开了话题。然后她一边对着一辆晃晃悠悠的自行车放出毒气，一边又转回到离婚的事上。“填表格的时候，有没有觉得不知道该怎么写好？就是第一行那地方。”

刚开始敦并没有反应过来水城说的是哪里，但下一秒他就想了起来。确实，知惠子在填表的时候，也在第一个空格那里迟疑了好久。她还为这事打电话过来问敦。因为她不知道那一格应该填哪个名字才好。是填“佐藤知惠子”呢，还是用结婚前的姓，写“野田知惠子”?

于是敦上网查了一下，似乎还是应该用“佐藤”这个姓。按道理说，离婚申请还没批下来，所以写“佐藤敦”和“佐藤知惠子”也是理所当然的。只不过，就心里的感觉而言，用“佐藤敦”和“野田知惠子”更没有抵触感。但敦还是告诉知惠子，好像一定要写“佐藤”。她回答，知道了。几天后，寄到他家的申请书上清楚地写着“佐藤知惠子”。而且“藤”字中的两点还规规矩矩地写成了“八藤”，就连敦自己都早已忘记了这件事。申请书上还贴着一张便笺，写道：“虽然你特意给我买了印章，不过只能下次再用了。”

“那是够奇怪的。算什么呢？最后的重击吗？”敦回忆说。

“简直就像在提醒自己：我确实是结过婚的人了，”水城说着，打开了车上的收音机，“亏得两个人又是吵又是闹，一会儿哭一会儿发火的，结果就因为那几个字什么都想起来了。”

“离婚，也确实够麻烦的，既耗体力又伤精神。不过话说回来，没这么些麻烦的话，恐怕人反而就没法向前走了吧。”

“我有个朋友，离了婚两个人关系都还不错，说什么以后就像朋友一样了。真不敢相信还会有这种事，居然有人可以离婚离得这么轻松。

“反正我是不相信离了婚还能做朋友的，就像那句广告词，说什么吃起来像蔬菜色拉一样，听着就像假的。”水城说着皱起了眉头。确实，敦附和着笑起来。

不久货车就开回了歌舞伎町。到了这个时间，身体也终于开始感到不适。汗水已被风吹干，整个身子早已过了黏糊糊的阶段，就好像滚上了一层细沙，连工作服上都结起了盐斑。在这种时刻，最后只需要去情人旅馆①街实在是太庆幸了。反正给每个房间准备饮料也不是

---

① 情人旅馆，可按小时收费的旅馆。

他们的工作，而且那里的营业额原本就不高。或许啤酒和进补口服液之类的会更受欢迎，但敦他们公司并不负责这些东西。

没多久，俩人手脚麻利地装完了货，最后去了菊阿姨那里。从歌舞伎町开过去，她的店正好位于最深处。那家宾馆至今原封不动地保留着老式旅馆的布局。也不知道是不是因为没什么客人，给那里送的货基本都是奶昔。无论冬夏，仅次于橙汁的一定是这个。就因为菊阿姨一个劲地喝奶昔，结果每个月都得送上一回。虽然这已经不属于夏季商品，但因为菊阿姨待人和蔼可亲，所以他们也都不在乎特意为她跑一次。

那天虽然还没到补货的时候，但考虑到这是水城最后一次来这里，便决定去见她一面。水城似乎早就有此打算，一大早便拿了一箱奶昔，塞进了货车的深处。

"梨都削好喽。"在摆满招财猫的办公室（其实也就是一间给工作人员休息的日式小房间）里，菊阿姨招呼他们说。她好像也早就知道这是水城的最后一天，对她说了声"这么久受累啦"，便拿出一只装着梨的盘子放在了折叠式的矮腿桌上。到六点前还有些时间，于是两个人便东拉西扯地聊起了家常。就那会儿工夫，坐在一旁的敦几乎独自扫荡完了所有的梨。

"我看这样吧，你不如去洗个澡。不过客人用的可不成，只能冲个凉就是了。"

由于菊阿姨长年住在店里，楼道深处有一间她专用的淋浴房。水城还在犹豫要不要答应，敦却立马高呼一声“太棒了”。没料到菊阿姨却丢出一句：“你个大男人洗不洗都一样。”把他晾在了一边。结果，还是只有水城一个人拿着为客人准备的毛巾牙刷消失在了楼道里。虽然营业部也有员工用的淋浴房，但大概因为那里尽是男人，水城似乎不怎么愿意去。所以，能在菊阿姨这里冲个澡的话，那接下去的晚餐也会舒服不少。

“不要看不起打工的嘛。”敦愤愤不平地吐出一句，躺倒在榻榻米上。唯有在菊阿姨这儿，他们才能像在家里一样随便。而对菊阿姨来说，他们可能也是难得的说话对象，所以她也不急着回前台。

“为了洗上澡，我也考虑考虑去当正式工吧。”

“你说啥？你个大小伙还是个临时工啊？我说你岁数也不小了，这可咋整呀？当心以后讨不着媳妇喽。”

哈哈，敦苦笑起来。都结过婚了，明天正要去离婚呢。这句话他终究没说出口。

“你瞅瞅人家水城，一个女人家还不都在拼命干活？就因为那股劲，都找着新男朋友喽。还说今儿个，大家伙儿一块儿去吃中国菜呢。真不赖！”

“新男朋友”？那是什么？敦想着猛地坐起了身。尽管菊阿姨嘴上抱怨着自己多嘴了，可她心里还是很想跟不知情的敦八卦一下。“你就告诉我吧。”敦拼命央求她。于是菊阿姨一边叮咛他千万不要告诉别人是她说的，一边忍不住开了口。

水城之所以不再开车，好像是因为即将再婚的缘故。从某种程度上说，转去加班较少的总务科也符合她本人的愿望。而且她要转去的部门不是在中野，而是在千叶。一方面是因为中野这里没有空缺的职位，另一方面也因为水城的父母家就靠近那边，比较方便。

“原来是这么回事啊。那这样说来，她的新老公也是千叶人？”敦问。

“听说是从小一块儿长大的，她自个儿还说那男人中学的时候被她甩过好几回呢。不管咋样，现在总算是圆满啦。水城她也能省省心啦。所以我说你呀，也得加把劲好好干啊，不这样哪成呀。”

虽然敦并不明白这个“所以”究竟从何说起，但他心里总觉得特别窝囊。不仅是因为自己眼下的处境，更因为水城对他而言似乎一下子变成了一个遥不可及的存在，想到这一点心底只觉一阵刺痛。

这时，楼道深处传来一阵淋浴声。那声音在敦的耳朵里回荡着，久久不息。

营业部二楼办公室的门上贴着一张纸，写有“绘美，辛苦了”几个字，周围还装点着一圈用包装纸折成的花朵。虽然看上去就像小学入学或者毕业仪式用的装饰一般，不知为何却成了这里的惯例。无论是老员工离职，还是新员工上岗，一群大男人也不用谁招呼就会迅速挂起这样的装饰。只不过，一旦挂上去就好像被人彻底遗忘了，到下次再有这类事情之前，那张纸都会一直待在那儿。恐怕到明年那会儿，“绘美，辛苦了”都还会霸占着那块地方吧。

按理说，今天是最后一天，总会有几位司机想跟水城告个别，只可惜正赶上夏天，六点回到营业部时大家都还在路上。就连部长都因为替水城去跑第二圈而离开了办公室。结果最后只剩下驾照分数被扣得精光、不得不转去看仓库的木村以及主任两个人。他们只对水城说了声“去总务科那儿也要好好干啊”，便再无下文了。

水城在计算机前统计完今天的出货量后，去放纸箱的地方抱着只两升乌龙茶的箱子走了回来。然后她开始把私人物品胡乱地扔进去。明天不用出车的敦因为无事可干，便争着要帮她收拾东西，却惹得水城不快起来。接着她走出去准备收拾车里的东西，敦还是屁颠儿屁颠儿地跟在她后面。仪表盘和零钱盒里也不知跑出了多少圆珠笔和打火机，但水城都只是一言不发地扔进纸箱。遇见不要的东西，就直接送给敦。而那些促销用的塑料扇子，则都是去年的陈年旧货了。

装完之后，水城用带在身边的胶带封好口。敦问她才知道，可以在部里叫快递直接送回她父母那儿。水城步履匆匆地穿过装货的空地，朝对面的总务科办公室走去。为了制造一个理由跟在后面，敦替她搬着箱子。

“营业部的人送你的礼物好像没装进去啊，”敦问她，“是想拿去送给新同事吗？”

“说什么蠢话，那种东西怎么能拿到那儿去？我要去的可是总务科，气氛差远了。”

“你要转去千叶吧？都没告诉我。”

水城一下子停住了脚步。“没跟你说吗？”她撒了个谎，却被敦看穿了。但对于她为什么不告诉自己，敦也不清楚。不过即便如此，敦总觉得这很像她的作风。

就在水城把纸箱交给负责人后，敦突然对她说：“不过想请你帮个忙。”

“什么忙？”

“帮忙做一下离婚的见证人。反正也没什么麻烦的，只要签个名就行了。”

“这种事，找你爸妈或者朋友不就得了……”

“那不是明天就要交了，来不及嘛。”

“唉，真讨厌。”

“只顾自己一个人幸福，那可不好哦。”敦刚说完，屁股上就被水城踹了一脚。她脸上泛起一丝潮红，嘴里一边小声抱怨着，一边还是在见证人一栏里签下了自己的名字。

说起来，她好像只有写字的时候才用左手，敦的脑海里想起了一些无关紧要的事。他一边想，一边恋恋不舍地盯着她圆润的手指。

高度又减去几分的斜阳，把天空染成了一片红色。

拜拜，水城摇了摇手，朝中野车站走去。平时她都开助动车来上班，但今天因为晚上有饭局，所以好像改变了往常的习惯。只见她沿着街道大踏步地走着，中途回过一次身来，大声喊道：“下次来千叶玩吧，千仓那一带离海近，夏天来好了。”后面那句话，很快就淹没在隆隆的卡车声中。

这时，不远处来了两辆自行车。虽然正值暑假，那对年轻的情侣却像早晚上下课时经常能看到的学生一般，仍然穿着校服。他们仿佛一刻都不愿分开，并排骑车时依然紧紧地牵着手。在离水城越来越近的时候，那双手还是没有分开的迹象。如果换作平时，水城一定会瞪着他们，趁俩人从身边经过时狠狠骂上几句。但不知什么原因，那天的水城有些惊慌失措，一会儿向左一会儿右，甚至最后差点蹲了下去，想要避开他们。傻不傻，敦忍不住笑出声来。

那两个学生在眼看着要碰到水城时，一下子松开了手，接着刚一经过她身边，就又迅速拉在了一起。

这时，另一辆货车回到了营业部。司机认出敦后，短短地鸣了声喇叭。就在敦的注意力被喇叭声吸引过去的那一小会儿工夫，水城也好，那两个骑车的学生也好，都已消失在他的视野中。他们似乎已融入了眼前的风景，就像一阵烟雾，不知所终。到了明天，知惠子也将不见踪影，消失在户口簿的小山里。唯有傻傻的敦，被一个人遗忘在这儿。他突然很想踢石头，于是低头在树根旁找寻合适的目标。一看到有一块半埋在土中，便像着了魔似的挖起来。

营业部二楼的窗户被人推了开来，有个正式工对着蹲在门口的敦大声喊着：“喂，那边那个打工的，要玩到别处玩去。”敦在心里默默地反驳："吵死了。我才不是在玩呢。不管什么时候我可从来都没玩过。"

不管什么事情我可都是认真的。

他横下心，固执地挖起土来。

海螺中的风景

仿佛自己突然变成了一只寄居在海螺中的小生物。由生

至死，都只能看着眼前的风景，渺小而无知。

一收到鲇子说离开公司的短信，淳一便计算着她回家的时间，用四十分钟搞定了手头的工作。在附近的超市会合后一起买菜准备晚餐，已成了每天的惯例。集合地点就是超市里的那片休息区。虽然放着三张长椅，但因为总是被人填得满满的，所以难得才能坐上一回。淳一站在那里等待着鲇子。有些日子他可能得等上五分多钟。比如发现有趣的事情急着要说给鲇子听时，再比如发生了值得欣喜的事情时。每到这种时候，明知去了也是干等，但他总会忍不住早早跑出公寓。

不过，最近淳一提前来到休息区其实还另有原因。长椅边那块名为“顾客信箱”的角落便是他的目标。绿色的告示板上贴着好几张顾客写给店方的意见或者建议，而超市的负责人则在旁边一一做了回复。把这些纸条一字不漏地看过去，也成了淳一生活中小小的乐趣。

那天，有张字条这样写道：“食品卖场的收银员找零的时候也不知道用手在下面护一护，就直接把硬币扔到了我手里，这种做法太没礼貌了。”

就在淳一觉得挺有道理的时候，眼睛却扫到了另一张纸条：“收银员找零钱时碰到了我的手。他们经常触摸钱币，这样很不卫生。

有的顾客还会带着刚出生的婴儿一起来买东西，所以更需要注意这一点。”

由于纸条都是不辞辛劳手写而成的，可见这对当事人而言绝非小事。换作淳一之类的人，恐怕连在意见单上写下姓名、地址、年龄都会觉得麻烦。由此看来，对这些人来说这也算是大问题了。

那就替他们出出主意吧。淳一试着站在处理投诉的人的立场上寻找解决的办法。对于这两个互相矛盾的意见该怎么办才好呢？一边建议说找零的时候希望收银员用手护一护，另一边却嚷嚷着不要随便碰别人的手。难道每次找零都要放在小托盘里给客人？不如，干脆连收银台都撤了反而更方便。就让客人完全自助，自己把购买的每件商品都扫一下条形码，再按显示的金额往机器里塞钱，最后只要从找零的地方自己取回零钱就大功告成了。这样一来，连高峰时段收银台拥挤不堪的现象都能迎刃而解……等一下，这种鸡毛蒜皮的小事有什么可在意的？记得学生时代也曾在超市打过不少工，那时每次收工都不禁会冒出这样的念头。要人用手护护的话，自己主动握过来不就得了。如果那么讨厌被人碰，还不如回去带上橡胶手套再出门。这些家伙，尽在鸡蛋里挑骨头。一群无聊透顶的混账客人！

尽管如此，淳一还是每天都孜孜不倦地跑来看这些字条，说到底，这些东西对他还是颇有吸引力的。自孩提时代起，他就喜欢在一旁看别人挨批评。

更何况，如今有一张字条引起了他莫大的兴趣。

“‘风太郎小点’怎么突然找不到了？是不是不再进货了？小孩子哭着要吃，很头疼。”

她（或许是他）的字，越接近末尾就越发瘦小。最后那句“小孩子哭着要吃，很头疼”，仿佛快隐没不见了一般。字里行间带着些许抱歉，又透出几分谨慎。这让淳一对写字的人暗自平添了一丝好感。

但店方对此的回答未免有些冷漠无情，仅仅回复了句“正在向采购人员确认”之后，一个星期都再无下文。这家超市似乎并没有什么“风太郎小点”的进货记录。店方大概不想在这个问题上纠缠不清，不久又冷冰冰地附上了一句：“商品名可能有误，还望告知正确名称。”

几天后，那个女人再次写来了回复：

“我清清楚楚地记得购买过‘风太郎小点’，应该是在今年四月。如果贵店没有进货计划，至少希望能告知生产厂家的名字。小孩子哭着要吃呢。”

这次，结尾的句子从“小孩子哭着要吃，很头疼”变成了“小孩子哭着要吃呢”。这里面隐藏着战略上的转变。她是在强调，她的要求并不是为了自己，而是为了孩子。虽然会被她的战术变化牵动心弦、翘首期盼着下一轮回复的人在这个世界上恐怕唯有淳一而已，但这样的纸条确实让人忍不住去期待会发生些什么。

不过转念想想，这种一旦断货竟会让孩子哭着索要的零食，究竟是什么样的呢？淳一再次思考起来。就名称而言，听上去总让人联想起膨化食品之类的东西，就像那种外面裹了层红糖的麦烧棒。应该就是那样的东西经过改良后更便于食用的版本，很可能是一颗一颗的，要不就是做成了花朵或者动物的形状。

但无论怎么想，这都不像是会让人上瘾的零食，更何况还让孩子哭闹到令母亲头疼的地步。

相反，问题很可能出在投诉的女人身上。

淳一任由自己的想象驰骋起来：她与丈夫离异，如今独自一人抚养着孩子。迫于生计，她只能在家从事替人阅卷的工作。淳一也有过同样的经历，这也算是一份报酬丰厚的兼职。不过前提就是，批阅的试卷得达到一定的数量。如果做不到成天都一刻不停地两眼死盯着答案，那恐怕还不足以抚养孩子。

她的孩子，应该是个男孩。虽然即便是女孩也无关紧要，但这样一来总觉得有些太过懂事，所以还是应该是个年幼的小男孩，正处于撒娇耍泼的年岁。她工作时，男孩也总是缠着她不放，只想往她背上爬。就像淳一当年对他母亲所做的那样，男孩一定是绞尽脑汁使出各种花招一个劲地想引起妈妈的注意。

结果因为孩子太过顽皮，有一次她忍不住出手打了他。表面上的理由不外乎儿子想撕扯答案玩。但自那以来，她越发担忧自己会一发不可收拾，于是便开始对“风太郎小点”欲罢不能。每每听到儿子的哭声，她的手心便一阵刺痛。她拿起零食一颗一颗地从肩膀上向后递给孩子。说来也奇怪，只要一给他吃这个，小家伙马上就会安静下来。晚饭前的时间，就靠着这样的办法挺了过来。

尔后便是喂他吃饭、帮他洗澡、哄他入睡。偶尔也会找本书给他讲讲故事。

等他发出均匀的呼吸声沉沉睡去之后，她再次回到写字台前。食指指腹早已被红笔弄得一塌糊涂，小指关节也已经僵硬不堪。然而，没有人会关心这些事情。

突然，一阵强烈的寂寞袭来。因为太过孤单，忍不住将手伸向了为儿子准备的零食。红糖的甘甜在嘴里弥漫开来。唯有这个，才会对她如此温柔。巧克力的味道太过优雅，如今能够安慰她的，到底还是“风太郎小点”。

在淳一的脑海中，女人的形象日益丰满起来。由于在头脑里占据了太多的空间，仿佛马上就会从耳朵里漏出来一般。那一天，当有人从身后轻拍他的肩膀时，他甚至产生了错觉，以为这只手一定属于那个女人。

“你不会等很久了吧？今天晚了一点，不好意思呀。”

然而，那不是想象中的女人，而是鲇子。“没晚，和平时一样。”淳一回答说。因为看到她手上提着好几只袋子，于是淳一便伸手接过一只。鲇子问他：“今天难得有椅子空着，你怎么反倒傻愣愣地站在那里？”淳一下意识地撒了个谎。如果老老实实地告诉她看那些“顾客信箱”里的纸条是他每天的乐趣之一，那似乎会有损他的形象。

俩人随即走向了食品卖场。那天，鲇子一边喃喃着“荷兰豆在哪儿、怎么没看到荷兰豆”，一边在卖蔬菜的地方来来回回转了好几圈。她甚至叫住店员询问，结果才知道已经卖完了。那时鲇子显得有些为难。

然而，那天她做的晚餐是什锦豆腐加涮猪肉片。

这两道菜为何要用到荷兰豆呢？淳一有些困惑不解。如果只是为了让什锦豆腐锦上添花，那么随便撒两颗冰箱里常备的速冻豌豆效果也没什么不同。

不过，也正是这样的地方才符合她的性格。鲇子有着鲇子自己的世界。

淳一的母亲已经去了另一个世界，如今只剩下父亲在金泽[1]的老家独自生活。

自从考上大学来到东京之后，淳一几乎从未回过老家。即便难得回去一次，两个大男人也总是相对无言。尽管现在的工作算不上繁忙，但即使到了扫墓或过年的时节，淳一也提不起回家的兴趣。虽说并不是永远离开东京，但只要一想到走出东京，就会瞬间意识到俩人之间的距离。比起热汤不会冷却的范围，能让汤水冰凉透心的程度，对父子而言刚好合适。

只不过，如今淳一不得不背负着一层牵挂。虽然父亲数年前开始

① 金泽，指日本金泽市，位于石川县中部。

发作的风湿也令他担忧，但近来服药之后症状似乎已经好转许多。相比之下真正叫人操心的却是他父亲开始记不清传真机的用法。

老家的那台传真机，是大约十年前从认识的人那儿免费拿来的。机型已经十分老旧，体形硕大不说，操作起来也非常麻烦。父亲因为不喜欢在电话里和淳一直接说话，所以有事的时候都会发来传真和他联络。但每次传真上所写的内容与其说是家书，不如说更接近于“味噌煮青花鱼在冰箱里”之类的便条。尽管如此，迄今为止的交流并没有出现太大的障碍。俩人即便再不投缘，终究还是父子。随着年华老去，与父亲相似的东西也开始从淳一的身体和心灵中慢慢渗出来。他也学会了用那些毫无情感的言辞来填满空白。

然而，从一年多之前开始，和父亲的联络突然变得麻烦而棘手。每一次都必定会以无声电话作为预告。因为工作的关系，淳一时常会接到传真。拿起话筒若好一阵子都听不到声音，他就会习惯性地等待那一声“滴”。那是接收传真的提示音。听到“滴”之后，电话机就会自动切换到传真模式。但最近父亲的来电无论等多久都听不到“滴”。

考虑到也可能是恶作剧，淳一姑且挂了机。

可就在放下话筒的下一个瞬间，电话铃又响了起来。他试着接起后，话筒里依然一片寂静。每到这时，淳一就开始意识到可能是父亲打来的。他决定在父亲回忆起传真机的用法之前先耐心地等在一旁。于是，淳一也不挂机，就这样重新开始被打断的工作。在白天，他很少会接到工作上的紧急联络。他所做的无非就是成天黏在电脑前写些无关痛痒的报道或者书评，有时也会帮人听写一些磁带或录像带什么的。那些会给他分派工作的文案公司不到傍晚都不会正式运转。即便如此，如果等上十分钟依然没有传真发来的迹象，淳一就会再次切断电话。这就像是在说："先静下心来好好看看说明书去。"也算是淳一无声的抗议。

但可惜的是父亲丝毫不解人意，反而继续追命似的拨过来。如果到了第三通电话还是依旧等不到那声"滴"的话，淳一也难免忍不住恼火起来。

"喂喂喂！"他用充满怒气的声音连声呼喝。

"淳一……"这一次，话筒里终于传来了父亲的声音。

"果然是老爸啊。"

"你那儿的电话没开收传真的功能吧。"

"怎么可能，否则我怎么工作?！明明是你那儿出问题了，等半天都没听到'滴'。"

"什么滴不滴的？我以前可都是这么发的。肯定是你那儿的传真没收，太奇怪了。"

"所以呀都不知道跟你说过多少遍了，这还不都是因为你非要在通话状态下发传真，结果搞得这么麻烦。那样的话，我这里就必须要自己去按开始键，否则传真机就不会动。可是你呢，还拿着个话筒一声不吭，这让我怎么知道出了什么事嘛。再说了，现在还用这种办法发传真的人真是听都听不到了。算我求你，下次就正常点直接发过来得了。”淳一就像在和人吵架似的开始一步步说明已经不知说过多少回的正确的传真方法（说到底，也就是传真的时候不需要拿起话筒这一点而已）。每到这时，他父亲总是固执地扔出一句：“我家的传真可用不了你那办法。”

淳一突然产生了一种永无止境的感觉，就好像父亲衰老的样子赫然出现在眼前。虽然他的大脑能够理解父亲，视线却拼命想移开。比起死去的母亲，活着的父亲反倒更让淳一觉得孤独难耐。

“干脆你以后有事就直接写信算了。”父子的对话就此画上了句号。

那破传真机尽给人没事找事，要不就别用，要不就趁早换台新的。淳一一边抱怨着，一边再次集中精神开始工作。这种时候，他总会想起鲇子，然后暗自思忖着，不知道她说要回来的短信是不是快来了，同时心里又总也放不下：她会不会丢下自己独自一人老去呢。

几天后，必定会收到父亲寄来的信。信封里装的，总是他没发成功的传真。许多时候那张纸的背面都印着广告。折痕也歪歪扭扭，就像小孩子折出的纸鹤一般，总是留着许多连不成一条直线的山峰和低谷，仿佛他那皱皱巴巴的指关节被直接寄过来了一般。

在那天收到的信纸上，折叠处的凹凸感更是比以往又甚了几分。一看到这个，淳一一冲动便跑去新宿[①]，买下了一台操作简便、带有

① 新宿，东京的区名，多指新宿区最热闹的地段。

传真功能的电话机。反正在大型电器店办的会员卡也积了不少分，而且家用型号的价格也就和买个玩具差不多。

淳一也不通知父亲就直接寄回了老家。

“结果倒好，居然又给我寄回来了！”淳一恨恨地对鲇子说。和往常一样，俩人正在超市里物色晚餐需要的材料。

“还说什么用不着。这有什么用不着的?！把旧的扔了，用这个新的不就成了。”淳一继续发着牢骚。

“说不定是因为，如果换了新的就没机会再跟你说话了。结果一下子做过了头。”

“笨瓜！”

笨蛋和傻瓜，因为争先恐后地急于出口，结果竟合为一体从淳一的嘴里飞了出来。

“我俩才不是那么回事呢。都是老爸在耍性子，跟个孩子似的。一定要穿这件衣服，非要上次那双鞋不可，刁得不行。看来老爸也上年纪了。”

“不过再怎么说，也还没到需要孩子照顾自己的岁数吧。按理说，要让老爸买台好用的新传真机的，应该是淳一你才对。”

鲇子在做另一件事时也会有心无心地听别人说话，但那样的时候她往往会出其不意地说出些意料之外的话。“你爸心里还是明白的，在他面前你就乖乖地当孩子不是挺好。”

“你胡扯什么呢。”淳一咕哝着。虽然他心底的某个角落也在承认这不失为一种异常豁达的建议，但同时又猛然觉得鲇子看起来似乎离自己很遥远。一定要把她拉回来，他思考着，否则就好像只剩自己被扔在了某个地方一般。

淳一开始强词夺理地反驳她。当看到鲇子今天又在一脸认真地寻找荷兰豆时，他故意挖苦说："我看你才不明白呢。你也不是小孩了，荷兰豆这种东西有没有不都一样？哪有人像你这样对这种小事还那么顶真？"

"可是做菜要用嘛。"

"什么菜？"

"味噌汤。"

"我还当是什么呢，原来就是个汤。"

"难道你不想吃？"

"想吃。"

淳一的确很想吃。确切地说，就在那一瞬间他突然变得想吃起来。每次都是这样。自己都不知道自己究竟想要些什么。但就在鲇子说要做放了荷兰豆的味噌汤时，那一刹那他会变得异乎寻常地渴望。或许是因为俩人生活在一起总是吃着相同的东西，有时他俩会非常可笑地在相同的时间渴望相同的食物。所以，俩人一旦分开买东西就会闹出不少笑话。

比如，在鲇子挑选蔬菜和其他东西的时候，淳一奉命发挥别动队的作用去拿四百克牛肉和猪肉混合的肉糜，外加速冻的乌冬面条。由于鲇子熟悉商品摆放的位置，所以总能比淳一快一步拿完东西。这时，淳一的任务就是找到先去收银台排队的鲇子，尔后把手里的商品从旁边放入购物篮里。时间比较紧张的时候，他们往往会采取这样的策略。但有时，如果淳一拿了鲇子未曾吩咐他拿的东西，俩人就很容易撞车。有一次，尽管他俩都算不上特别喜欢，最后却不得不买下了两盒各装着三大团的醋拌海蕴[①]。另一次则最终买下了两袋毛豆。

就在不久前，两个人还同时拿了一大块降价的叉烧，结果弄得特别尴尬。由于这样的情景很容易让人误以为他俩喜欢各拿一块啃着吃，因而淳一出于害羞试图溜之大吉。他在心里搜寻着可以让自己先绕过收银台到对面等待她的借口，诸如，香烟没了、膝盖痛、两个人一起排着队伍会变长可能拖累到后面的人，等等等等。

但没料到鲇子还未等他说出口便早早地封杀了他的计划。“反过来想想，想吃一样的东西也就说明我们两个都缺少一样的东西，对吧？”

被她这样一说，淳一觉得自己就好像是一个弃同胞于不顾的卑鄙小人，也就不便再独自溜过收银台了。

迫不得已，淳一只能和鲇子排在一起。轮到他们的时候，两大块叉烧被一起放到了另一边。在扫完第一块的条形码后，负责收银的女

---

① 海蕴，一种生长在海湾地区的水草，茶色、柔软、呈线状。日本人喜爱用醋拌着食用。

孩子大概按了一下数量乘二的按键。那段时间，为了将他们的举动伪装得更有科学依据，淳一喋喋不休地唠叨着猪肉所含的蛋白质和维生素。

然而，鲇子却对他那堆废话充耳不闻。她点着头强调："如果两个人都觉得缺少这种东西，那就肯定没错了。"脸上挂着满足的表情。

鲇子预先说过这天可能会晚回来。因为学校已经开始放暑假，大家似乎都在图书馆忙着为孩子们筹备假期的活动，所以鲇子也不好独自先离开。

淳一打算晚饭就去超市买份便当随便打发一下。给两份资讯杂志写书评凑页数的工作居然挤到了一起。淳一计划着在晚上七点前搞定一篇，然后边吃便当边读下一本小说。如果一切顺利，睡觉前至少能弄出份提纲来。下星期六应该是个难得的休息日，他想和鲇子找个地方出去玩。

不过，正午刚过不久，就有个认识的写手打电话过来，说那家淳一也在接活的 D 公司有些不对劲。

"虽然那公司以前就老拖我稿费，不过这一次事情大概真的不太妙。最近他们把我撂在一边好久都没个回音，所以我今天就直接去饭田桥[①]跑了一次。反正他们让我写的东西也正好顺便拿给编辑看看，

① 饭田桥，日本东京的地名，多指地铁饭田桥车站附近。

比起在电话里啰唆不清，还是直接过去改来得快。”

“那后来呢？难道他们跟你说什么了？”

“哪有?！去了一看，公司里一个人都没有，连电梯都不去地下的办公室了。这岂不等于已经没人在那儿上班了嘛，你说呢？”

月底近在眼前，文案公司却空无一人，这无论如何都不合逻辑。按理说，这种时候公司里应该聚集着一群挑灯夜战的编辑和写手，办公室更是二十四小时灯火通明才是。

“我看啊，那公司……八成是飞了。”村上最后总结道。他告诉淳一：“最近这阵子接的都是D公司的活，这下可惨了。”说着还嘿嘿地干笑了两声。

虽说这样的结论实在无异于晴天霹雳，但也并非完全没有可能。在这种文案公司或者设计工作室，还有那些名为什么什么经纪办公室的写手中介公司里，有些规模不大的往往会一下子飞了，也就是通常所说的倒闭。村上入行已久，对这种事情应该还是有经验的。

当然淳一也同样不陌生，只不过村上的话让他越听越后怕。因为说起从D公司接到的工作，淳一远比村上多得多。虽然确实拖欠着好几个月的稿酬，但因为合作时日也不短了，淳一始终都没有放在心上，总以为他们会加点额外的奖赏一下子结清。

如果事实果真如此，那淳一将近四个月的稿费也就泡汤了。

由于事情太过突然，难免有些不真实，淳一甚至涌不起惊慌的感觉。结果他反而莫名其妙地撒起谎来。“啊呀呀，那村上你还真够倒霉的。我这半年都没怎么接过D公司的活，所以也没什么损失。”

“是吗？你还真走运。说不定过一阵子我得跟你借点钱花。”

“手头实在紧的话千万别客气哦。”

淳一虽然嘴上说着大话，但他自己也难逃一穷二白的命运。

放下电话。钱包里还剩下三千日元。如果多大岁数就有多少张千元大钞，那就不用觉得丢脸。老爸一醉酒来了兴致就会这样教育淳一，就好像是他不轻易出口的戒条一般。虽然事到如今淳一也无意听信他的信口开河，但依照老爸的说法这个数字还真是刚刚好。不对，再细细一想，一千乘以三十应该是三万。也就是说，淳一钱包里的数额不过是三岁小孩的水平。

更何况这三千日元也改变不了眼下的窘境。现在可不是对这三千日元耿耿于怀的时候。淳一也知道必须尽快想想办法，但他最终决定前去超市。不如干脆把钱包用个精光充作今晚的伙食费，或许反倒痛快利落。

出门时他顺手带上了垃圾。在电梯里，住在顶楼的那个和蔼可亲的女人主动和他打招呼：“每次看见你下楼都带着垃圾，真勤快，家里的垃圾桶还真是一不留神就满了。”正如她说的，垃圾袋里装的全都是淳一打印出来的稿纸。尽是些没用的垃圾。从它们在他大脑中诞生的那一刻起就已经成了一堆垃圾。“可不是吗？”淳一笑着回答。

用三千日元做一顿晚餐的话，弄什么菜好呢？首先淳一会做的东西不过就那么几种。其中听上去最费钱的大概也只有西式炖牛肉了。

不过淳一实在想不出该做哪种色拉当配菜。这个问题，就留到明天等牛肉炖入味的时候再和鲇子商量吧。

下午三点来超市的机会实在不多。顾客的年龄层明显不同。不知道是不是因为老年人比较多的缘故，人流的移动显得缓慢而平和。有时也会有人突然止住脚步，偶尔还能看见有人堵在通道正中悠然而热切地聊天。为此淳一也不得不放慢脚步，久而久之连他那破罐子破摔般的购物欲望，都被一点点榨干了。最后淳一也变得悠闲起来，在这种心情的带动下，他的脚不禁迈向了那处“顾客信箱”。

这时，他看见那里站着一个女人。她身边的长椅上还坐着那个一接近傍晚时分就经常能遇到的、似乎患有酒精依赖症的男人。他虽然不会妨碍别人，但那副一边颤悠悠地将啤酒罐送到嘴边一小口一小口地抿着，一边等待夜幕降临的模样，看在眼里实在很难让人心情愉快。然而，那女人却丝毫不介意他的存在，只是聚精会神地盯着告示板，整个人都好像因为情绪激动在不停地发抖。

淳一凭着直觉猜测，这女人应该正是写那张纸条的人。她略显松弛的背部肌肉上爬满了生活的疲惫与艰辛。淳一突然很想从正面看看她的脸，于是便若无其事地接近目标，不料那女人却慌慌张张地走开了。淳一看着她向食品卖场走去。她手里还提着购物篮，似乎一时半会儿出不来。

于是，淳一也开始认认真真地看起告示板。时隔多日那上面终于又出现了一张新字条：

“不久前，我曾经问过‘风太郎小点’怎么不卖了，但到现在都没有等到回答。这算什么意思呢？如果贵店不打算再进货了，那就请告诉我生产厂家。”

原本最后还应该再加上一句“小孩子哭着要吃”之类的话，这次却并未出现。那孩子究竟出什么事了呢？不过，店方的回复却越发冷漠起来：“目前尚在确认，敬请耐心等待。”这就好像在说：“不是说了嘛，我们店从来没卖过这种东西！”字里行间弥漫着一种极度不耐烦的情绪。这种感觉或许正类似于淳一对他父亲的不满。

看完后，淳一也立刻走向食品卖场，似乎想追上刚才的女人。她肯定在卖零食的地方，因为她非常清楚自己想要什么。淳一坚信自己判断无误，直接走到了放零食的货架前。但那里只有几个带着孩子的年轻女人。他要找的那个，年岁应该再大一些。或许就和他自己差不多，刚三十出头的样子吧。

淳一又在卖场里来来回回地踱了一阵，最后终于在卖面包的地方发现了目标。她脸上掩饰不住疲倦的神色，两眼正直直地盯着一款带甜味的圆棍面包。她随手拿起一袋放入了购物篮。但其后好一阵子，那女人都没有要离开的意思。难道“风太郎小点”竟是种面包？淳一思忖着，也和她一起搜寻起来。

这时，那女人注意到了淳一。她似乎有意避开，于是离开了面包货架。但就在拔腿走开的那一瞬间，她脸上露出了一丝看似害羞、又像发怒的神情。因为淳一只能看到侧面，所以他也无法断定。他很想知道那表情究竟是前者还是后者，于是便跟在她身后。没想到她竟只拿着那袋圆棍面包就直奔收银台开始结账了。不会是偷了什么东西吧，淳一突然毫无意义地兴奋起来，但那女人并没有被任何人拦下，结完账便径直走出了店门。

就在这时，淳一自己却被一位身材高大的店员叫住了："请问有什么可以帮您的吗?"反而是他的举动看在别人眼里或许相当可疑吧。必须马上给出一个解释。虽然淳一很想问"'风太郎小点'在哪儿"，但他终究缺乏这份勇气。"这地方的东西未免也摆得太乱了，找都找不着！这样怎么成呢?！你看人家车站南口的A超市，进去看一眼立马就知道东西在哪儿了，"淳一故作姿态地发了一通火，"那种炖肉用的酱到底在哪儿?！我要的可是罐装的！非得罐装的才成！"

那男店员倒显得很有耐心。虽然淳一的怒气只是强装出来的，那店员却非常周到地把焦躁不安的淳一带到了放酱料的货架前，还不厌其烦地向他介绍炖肉可以用这种和那种酱料。他或许觉得淳一是个控制不住情绪的可怜的家伙，最后还一字一顿地把那两种酱料的名称清清楚楚地念给淳一听。

那天夜里，淳一和鲇子像往常一样并排躺在床上。他俩的房间在六楼，因为南面碰巧没有更高的建筑遮挡，所以每到夏季总会吹来阵阵凉风。为了让风更容易吹进房间，他们特意只拉起了半边的遮光窗帘。

每当夜风吹过，那层半透明的蕾丝窗帘总会鼓起，将淳一的胸部整个包进去。如果钻到里面，感觉就好像身处海螺中一般。仿佛自己突然变成了一只寄居在海螺中的小生物。由生至死，都只能看着眼前的风景，渺小而无知。既不知道渴望什么，也不懂得厌恶什么，只是本能地吞食着顺水流到嘴边的食物。睡去，醒来，尔后死亡。就连幸与不幸都不曾知晓。

淳一却如同发现了世外桃源，催着身边的鲇子一起钻进来。鲇子虽然觉得麻烦，但终究还是招架不住淳一的死缠烂打，把头伸进了鼓起的窗帘。

“这里面，风很舒服吧？不过看着点，可别把鼻子盖住了。”

“那罐炖肉用的酱，是你今天买的吧？想做什么菜啊？”

结果，那罐炖肉酱是淳一在超市买的唯一的东西。他拿着那个去收银台结完账之后才意识到忘记了蔬菜和牛肉，但要再回去一次又实在太过煎熬。何况他也不喜欢被人误以为是小偷之类的家伙，更不希望那位好脾气的店员对他产生类似于他对那个女人那般的同情。最后，晚饭只能去便利店买了份便当凑合着对付过去。虽然他还故意把那罐尚未开封的炖肉酱藏在厨房柜子的深处，但最终好像还是被发现了。

于是淳一把今天发生的事都告诉了鲇子。从D公司有可能倒闭的消息开始，幽幽地说了好一阵子。但由于他俩几乎从未细说过工作上的事，因而鲇子没有丝毫担心的迹象。尽管淳一低声抱怨着四个月的稿费或许都得打水漂，可鲇子还是一脸乐观地安慰他："那就从别的地方多接些工作好了。"

"不过话说回来，那个'风太郎小点'到底是什么呢？"也不知为何，对于这种无关痛痒的小事，鲇子反而更有兴趣。或许，她和淳一在为人的最本质的地方有着几分相似之处。"那个女的，为什么不去其他店找找呢？！小孩子不都哭得让她头疼了嘛。"

"说到底，压根儿就没那种零食。我在网上查过，根本没那东西。"

淳一说的确实是事实。或许是那女人记错了，也可能那根本就是一场阴险的恶作剧。然而，对淳一而言，他却始终相信那个女人所说的一切。相信她曾经在某个地方吃到了这种食品，相信她无论如何都需要它。所以那一天，淳一自己也第一次在"顾客信箱"留了言："和前面留言的客人一样，我也非常希望贵店能重新出售'风太郎小点'。那种零食红糖的口感又好，热量也低，实在没有比这更好的零嘴了。那天在货架上怎么都找不着的时候，真是觉得很失望。我妻子也哭着要吃呢。"就在他想把自己写的纸条折起来塞进留言箱时，心却怦怦地跳个不停。因为手无法停止颤抖，结果纸的折痕就像他父亲折出的那般不堪入目。那时，淳一觉得自己和那个女人突然间成了共犯。

"写纸条的那个女的，就好像已经被逼进了死胡同一样。虽然不知道我看到的那个是不是她，不过感觉那欲望非常强烈。"

"可是在我看来，这不过就是个恶作剧罢了。估计是在超市里遇上了什么不开心的事。那家超市一到晚上，总有几个收银的家伙态度特别冷淡。”

“但如果真这样的话，应该不会写什么小孩子哭之类的话吧。”

嗯……鲇子陷入了沉思。但那之后，她的注意力转向了完全无关的另一个方向。鲇子的想法有时就是这样，会突然出现大跳跃。“对了，那名字可能不是‘风太郎’，而是‘丰太郎’。所以你在网上才查不到。”

“都跟你说了压根儿就不存在啦。”

“那……或者就是‘麸太郎’。你想想，‘麦麸’的‘麸’，意思也正好。‘风太郎’和‘麸太郎’，乍一听不也挺像的。不是有那种涂了层红糖的麦烧零食吗？说不定就是那一类的东西。”

“……”

淳一明明是第一次和鲇子提起这件事，她的想象却和淳一不谋而合，这让他欣喜万分。今天他俩虽然没有吃相同的东西，却也同样出现了这种巧合。比起买了两份醋拌海蕴或者降价的叉烧，这份欣喜要远在那之上。

因为突然觉得自己并非孤单一人，淳一也一下子来了兴致。他可以清楚地感觉到鲇子就在身旁。于是，他开始一一描述自己想象中的那个女人的生活。而鲇子听完后也不甘示弱，将女人的性格补充得更加丰满。由于她读过的书比淳一还多，刻画出的人物竟然栩栩如生。两个人还设想了她孩子的模样，甚至蔓延到了女人偶尔会面的母亲。所有的想象都如同现实一般真切。淳一依然在继续着。他一心想确认自己并非独自一人，于是便一边搜寻着与鲇子相似的地方，一边不知疲倦地诉说着。

不知不觉间，时针走过了午夜一点。因为俩人都窝在窗帘里，所以谁都没有注意到时间的流逝。鲇子慌慌张张地定好闹钟说："明天上班肯定会犯困，再不睡可不行了。"然后还不忘警告一句："今后禁止再说'风太郎'的事，如果你再敢说'风太郎'的'风'字，看我给你好看。"

因为顾及她睡眠不足也确实够可怜的，淳一乖乖地闭了嘴。但没过多久，他实在忍不住，发出了一声"夫"。结果鲇子怒道："我睡着之前，F 打头的字统统禁止。"说着还踢了一脚因为太热被扔在一边的被子。

淳一仍然被裹在窗帘里。那感觉确确实实就像在海螺中。他从那里凝视着这个世界。事实上，他所看到的或许还称不上是一个世界。那只是分配给他俩的一小片天空，淳一默默地凝望着。

他想象着他俩是两只小虾，就居住在这只海螺中。正想着，风却停息了。窗帘的下摆轻拂过淳一的脸颊，由下颚掠至额头。那就像是在说："你也该睡了。"然而，淳一却舍不得这一天就此结束。明天，还能再见到鲇子吗？我，会不会变成孤单一人呢？

他偷偷地看了一眼背过身去的鲇子，她已沉沉入睡。

夜晚就这样向前滑去。